新潮文庫

きみの世界に、青が鳴る

河野　裕著

JN230251

新潮社版

11111

目次

きみの世界に、青が鳴る

あの子が初めて、声を出さずに泣いたのはいつだろう？

もうずっと、記憶にもないくらい昔のことかもしれない。きっとだれも、彼女自身も、その涙を覚えていない。

生まれたての赤子は、声を張り上げて泣くだろう。そこに具体的な感情はないだろう。それから、お腹《なか》が空《す》くから泣いて、不安で泣いて、初めて転んだ痛みで泣いて、日常にある様々な悲しみで泣いて。

いつか、どこかで、声のない涙に出会うだろう。

誰に助けを求めるでもなくて。なにを伝えるでもなくて、自分自身の感情のためだけに零《こぼ》す涙があるだろう。

僕は彼女の、最初のそれを知りたかった。

ふたつ目も、みっつ目も。これまでに彼女が通ってきた、悲しみと苦しみのすべてを知りたかった。その美しいものをひとつ残らず。

真辺由宇《まなべゆう》の涙について、すべてを知りたかった。

そう考えたのは、すでに過ぎ去ったある場面で流れた、少年の涙がきっかけだった。相原大地《あいはらだいち》が現実で魔女——堀《ほり》に出会い、自分の一部を捨てた場面だ。

僕はいまさら、その再現をみつめていた。

「大人になりたいんです」

と、大地は言った。その無垢《むく》な瞳《ひとみ》で堀を見上げて。

「だから、子供の僕を捨てたいんです」

堀の方も、じっと大地をみつめていた。顎《あご》を引いて、真剣な瞳で。

彼女がどれほど困り果てているのか、想像するのはたやすかった。だって彼が望むものを、引き取れるわけがないのだから。

相原大地は幼い少年だ。

彼にどれほど大人びた一面があったとしても、その全部が子供だ。

どんなに工夫して魔法を遣っても、子供から子供を引き抜いて、大人を作ることはできない。だから彼の望みは、魔法じゃ叶《かな》わない。

堀は誠実な声で尋ねる。あの、喋《しゃべ》ることに臆病《おくびょう》な少女が、少年の脆《もろ》い心に、苦しげに踏み込む。

「子供とは、なんですか？　大人とは、なんですか？」

もちろん大地はその質問の答えを知らない。

堀にも僕にもわからない。

長いあいだ、本当に長いあいだ、ふたりの沈黙が続いた。

次に口を開いたのは、堀の方だった。

「大人というものがなんなのかわからなければ、貴方《あなた》の望みは叶いません」

大地はまだ黙り込んでいた。どうにか答えをだそうと、必死に頭を悩ませていたのだろう。でも、答えには思い当たらなかったのだろう。

やがて大地は涙を流す。

幼い少年には似合わない、なのに彼には似合いすぎて悲しくなる、音のない涙を。

僕はその涙をみていたくなかった。

誰の涙だってみたくはないのだ、と思った。でも違った。

たったひとりだけ。真辺由宇の涙だけは、みつめていたかった。いくらだって、いつまでだって。その涙を理由に、僕も泣きたかった。

堀が、大地の前にしゃがみ込む。優しく目線を合わせる。

彼女にだって、いくつもの迷いがあったはずだ。色々なことを決めかねていたはずだ。

でもあくまで魔女として、堀は言った。

「これから、それを探しませんか？」

「それ？」

「子供を、大人にするもの」

これが堀の、少年に対する精一杯の誠意だったのだと思う。

だからその姿は美しくみえた。なにか感傷的なタイトルのついた、一枚の絵画のようだった。あるいは純粋な涙みたいだった。

大地は泣き顔のまま、しっかりと頷《うなず》いた。

＊

どうしてこの場面で、僕は真辺由宇をイメージしたのだろう。

大地よりも、堀よりも自然に、ひとりの少女の横顔を思い浮かべていたのだろう。

その理由はやっぱり、群青色《ぐんじょういろ》の夜空だ。無数の星がちらばり、好き勝手に光を放つ、幼いころの僕を圧倒した空。

群青色の空の下で、僕はひとつの星の話を聞いた。

ピストルスターという名前の、巨大な、でも僕を照らさない星の話を。僕が長いあいだ信仰し続けることになる星の話を。

これはあの群青色から始まる物語だ。

群れた青から始まる物語だ。

星の光はか細くて、脆弱《ぜいじゃく》で。でもたくさんのそれが集まって、ひとつの色を作る。圧倒的な色を。

大地の涙は、まるでその星の光のひと粒みたいだった。

堀の困り顔も。階段島《かいだんとう》のすべても。僕の思い出も。なにもかもが。

だとしても。

僕はそれらの光から目を閉ざす。

どれも、どれも、みんな過去の景色にする。

最後に残る光はたったひとつだけだ。

真辺由宇。その、まっすぐな瞳。僕の信仰。

これはもちろん、相原大地の物語だ。彼を取り囲むすべての環境の物語だ。優しい魔女の物語で、魔法を巡る決意の物語だ。

それでもやはり僕にとって、この物語はあの群青色から始まる。

どうしようもなく。

真辺と出会ったときから始まった物語は、あの視線みたいにまっすぐではなくとも、彼女がみつめる先と同じものを目指して進む。

＊

強い光を放つ星は、青く輝く。

表面温度が高いほど光の波長が短く、それは人の目には青くみえるから。だから、ピストルスターは高光度青色変光星と呼ばれる。

僕が信じる光は、群れからはぐれてもなお、高貴に青いままなのだろうか。

真っ暗な夜空にひとつきりでも、僕を圧倒する色であり続けるのだろうか。

真辺由宇が涙を流す。

まるで、遠い星の輝きみたいに。

一話、彼女は絶望と手をつなぐ

1

真辺由宇《まなべゆう》の四月二日は、悲惨な日だった。

空はよく晴れていた。陽射《ひざ》しは暖かく、風は爽《さわ》やかで、桜の木は光の欠片《かけら》みたいな淡いピンク色の花の隙間に若葉を息吹《いぶ》かせつつあった。その四月二日はほとんど完璧《かんぺき》な春だった。けれど長く重苦しい、絶望を知るのに充分な一日だった。そこにいたのが真辺由宇ではなかったなら。

僕は彼女を、いつまでも眺めていた。

あの真辺由宇がうつむき、涙を流し、ため息をつく。そしてまた顔を上げる。何度も何度も繰り返す。

――僕は、真辺由宇の世界にいる。

この表現は、正確ではない。安達《あだち》が時任《ときとう》さんから魔法を貸し与えられ、それで作った世界だ。でも僕の目には、どうしようもなく真辺由宇の世界にみえた。綺麗《きれい》で、悲惨だった。

以前交わした約束にしたがって、安達は真辺の指示に忠実に魔法を使った。四月二日は割れた窓ガラスみたいに細分化され、そのひとつひとつに異なる景色が映った。真辺由宇の実験と、その結果をあらわす景色だった。

真辺が目指しているものなんて、たったひとつしかない。

完成された世界。完全に、理想そのままの世界。

その一歩目として、彼女は相原大地《あいはらだいち》の幸福をみつけ出そうとした。この春から小学三年生になる幼い少年が、母親の元で健やかに過ごせる世界をひたすらに求めた。そして求めた回数失敗した。

理由は明白だ。

魔法によって再現された大地の母親――相原美絵《みえ》は、痛ましく疲弊していた。まるで何世紀も前にうち捨てられたロボットみたいだった。電源を入れると回路がショートする。無理に動かそうとすると歯車が欠けてしまう。錆《さ》びは内側まで深く侵食し、磨いても磨いても取れずやがて穴があく。

真辺はその壊れ方をひとつひとつ確認するように、安達に指示を出し続ける。

「次は――」

それは僕の体感では、一〇〇時間も、二〇〇時間も続いた。

ある相原美絵は大地の話に目も向けず、ただテレビドラマを流していた。それでも大地が話し続けていると、やがて家を出て夜中まで戻らなくなった。別の相原美絵は大地が事故に遭ったと連絡を受けて、ため息をついた。それから化粧をして、ゆっくりと家を出た。さらに別の相原美絵の前には素敵な男性が現れた。シングルマザーの支援をしている団体の職員だった。彼女は愛想笑いですべてを聞き流した。

それらの相原美絵は、もちろん本物ではない。

魔法で生み出された、シミュレーション上の偽物《にせもの》でしかない。

でも魔法は現実をそのまま再現する。偽物の彼女の苦しみも、悲しみも、諦めも、みんな現実にいる彼女と同質のものだ。なら偽物の相原美絵が笑うのと同じ理由で、本物の彼女も笑うはずだ。けれど、その笑顔がみつからない。

きっと、簡単にまとめてしまうべきではないのだろう。でも。

僕の目には彼女は、幸福を怖《おそ》れているようにみえた。不幸の中に身を置くことこそが自身に課せられた唯一《ゆいいつ》の役割なのだと、頑《かたく》なに信じているようだった。

「次は――」

何度目だろう、真辺がその言葉を口にする。

安達が首を振った。

「そろそろ諦《あきら》めたら？」

「なにを？」

「さあね。なんなら諦められるの？」

この世界は、端的に真辺由宇を表していた。

無邪気に希望を目指して、失敗して、失敗して、いくらでも諦める機会はあるのに、でも絶望しない。延々と苦痛が繰り返される。鋭利に尖《とが》った彼女が決して折れないでいる地獄。

僕は、それを知っていた。それが真辺由宇なのだと知っていた。

知らなかったのは彼女の隣にいる、安達という少女のことだ。安達は真辺に従って、我慢強く魔法を使った。ひとつの親子のみるに耐えない結末を、真辺と同じように、安達もみつめ続けていた。

――いや。もちろん、同じようじゃない。

安達はずっとつまらなそうだった。目の前でなにが起こっても、これといった感情を表に出さない。まるで初めからなにも期待していないようだった。

でも、そんなはずがないんだ。なにひとつ期待しないまま、こんな、ただ苦しいだけの場所にいられるはずがない。

真辺は安達の問いに、長いあいだ沈黙していた。

安達は仄《ほの》かな笑みを浮かべて、もう一度、尋ねた。

「ねぇ、真辺さん。貴女《あなた》はなにを、諦められるの？」

今度は、真辺が答える。

「今」

いま、と安達が反復する。真空みたいに冷たい声だった。

「未来のためなら、今は諦められるってこと？」

「違う。過去も大事だよ。そのためなら、今は諦めてもいい」

「わかんないな。過去を諦めないって、どういうこと？」

「昨日あった悲しかったことが、明日には良い思い出になるかもしれないでしょう。それは、諦められない」

「じゃあ、大地くんがお母さんに冷たくされてるのも、いつかは良い思い出になるってこと？」

「わからないよ。難しいと思う。でも、少しましになら、きっとできる」

「どうやって？」

「大地が幸せになることで」

「そ。ま、そうかもね」

安達はため息をついた。呆《あき》れた風ではあったけれど、それで彼女の声に、少しだけ温度が戻った気がした。

「真辺さん。貴女はずるいね」

「そう?」

「だって今は、すぐに過去になるよ。今、我慢しても、いつかは良い思い出にしようって言うなら、それはなんにも諦めてないのと同じでしょ」

「そうかな」

真辺は首を傾《かし》げた。

「でも、今も幸せな方がいいよ。いつだって我慢しない方がいい。なのに今は苦しいのを受け入れるなら、やっぱり諦めているんだと思う」

「貴女はまるで神さまみたいなことを言うね」

「神さまが、こんなこと言う?」

「なんていうか、考え方がさ。人は万能になれるんだって信じてるみたいだ」

「なれるよ」

「本気で言ってる?」

「今じゃない。一〇年でも、一〇〇年でも足りないかもしれない。でも一〇〇〇年後の人間はきっと、私たちからみたらほとんど万能だよ。一〇〇〇年前から今をみたら、夢みたいなのと同じように」

「どうかな。人間なんて、あっさり滅んじゃうかもしれない」

「うん。わからない。どちらであれ、否定する根拠が私にはない。わからないから、より良くなるように努力するしかない」

真辺の言葉は、神話になった少女みたいだ。日常生活では相手にされない、歪みのない概念みたいだ。

安達は呆れた様子で肩をすくめる。

「ま、なんでもいいよ。ともかく今は、真辺さんの言葉に甘えよう」

「どういう意味？」

「今は諦められるんでしょ。なら、今日はここまでにしよう。私もさすがに、ずいぶん疲れた」

「魔法って疲れるの？」

「魔法っていうか、これをみてるのが疲れる」

安達は前方を指さした。今、そこにはなにもない。暗転した舞台みたいに、なにも。

「続きはまた明日にしよう」

安達がぱちんと指を鳴らして。

真辺由宇の世界が、ひとまず消えた。

そして僕の意識は、階段島の四月二日に戻る。

僕は窓辺の、固い木製の椅子《いす》に腰を下ろしている。海辺に立つ灯台の一室だった。時間の感覚がなかったけれど、窓から射す光で夕暮れ時なのだろうとわかった。時計は確認しなかった。ひどく疲れていた。

どうにか木製の椅子から立ち上がり、そのまま、数歩先のベッドに身を投げ出すように横たわる。目を閉じると、真辺由宇の世界を思い出す。それは生々しい傷跡として胸に刻まれている。

「七草《ななくさ》くん」

堀《ほり》の声が聞こえた。

特別に綺麗な声ではない。でも暖かな、優しい声で彼女は尋ねる。

「どうだった?」

僕は素直に答える。

「想像通りだよ。きつかった」

救いがなくて、苦しくて。まるで寒々しい宇宙に独りきりでいるようだった。

「真辺にはきっと、あの世界をどうにもできないよ」

あそこで、諦めずにいることしかできない。

――なんなら諦められるの？

と安達は言った。

あの質問への答えが、真辺のすべてだ。未来の全部と、過去の全部を諦められない彼女は、現在を犠牲にし続ける。諦めることを諦めている。

「じゃあ、安達さんにならなにかできる？」

僕はベッドの上で寝がえりを打って、堀の方に顔を向ける。泣きぼくろが寂しげにみせる顔の半分が、窓からゆったりと流れ込む赤い光に照らされている。

「なんとなく、彼女のことがわかってきた」

安達。魔法に囚《とら》われた少女のひとり。

彼女は、うん。きっと優しい。まるで真辺とは正反対に。

僕たちは次の魔女の座を巡って争っている。真辺と安達のチームがあり、堀と僕のチームがある。互いにまったく別の魔法を探している。

「真辺に勝つ方法は、イメージできる。彼女ひとりが相手であれば、きっと、どうにでもなる。でも魔法を借りているのは安達の方だから、まずはあっちをなんとかしないといけない」

だから、安達を理解する必要がある。

それは順調に進んでいるはずだ。

「本当に？」

堀が首を傾げる。

「真辺さんは、弱い？」

「弱いわけじゃない」

あんなに悲惨なだけの世界を、泣きながら、苦しみながら、まっすぐな瞳《ひとみ》で受け止められる彼女が、弱いわけがない。

「でも強いから、なんとかなる」

絶望を知らない彼女に、絶望を教えるイメージを持てる。

堀は複雑な瞳でこちらをみていた。悲しみだとか、寂しさだとか。いろんな要素が漠然と混じり合った、ひとつの質問みたいな瞳だった。僕はその質問をはぐらかすように続ける。

「問題なのは、やっぱり安達だ」

「そう」

「とても困ったよ」

「どう、困ってるの？」

「大地に必要なのは、もしかしたら、彼女なのかもしれない」

強いとか、弱いとかじゃなくて。

僕たちの目的は、単純な魔法の奪い合いではない。より重要なのは大地の幸せで、それは僕にとっても、堀にとっても、真辺にとっても共通した認識だ。

「もしかしたら、いちばん上手《うま》く大地を救えるのは、安達かもしれない。だから僕は彼女が怖い」

彼女を打ち倒すことを、目標として設定すべきではないのかもしれない。なら僕たちはまったくやり方を変えなければならない。

「私は――」

堀は、きゅっと口元に力を込めた。

それでずいぶん、意志の強そうな顔になる。どことなく真辺に似ている。でも一方で、涙をこらえているような表情でもある。

「七草くんがつらそうなのが、嫌だよ」

僕は、反射的にほほ笑む。なんだか強がろうとしてしまう。でもそんなことで強がれるはずもなくて、そのことが可笑《おか》しくて、本当に笑う。

「ありがとう。でも」

でも、なんだろう。

つらいのは覚悟している？　慣れている？　上手くやり過ごせる？　そういうことじゃない。

「でもこれが、僕の幸せなんだろうね」

こんなことを幸せだなんて言っているから、僕は安達に嫌われるんだ。そして、だから、僕よりも安達の方が、大地の救いになり得るかもしれない。

先月の終わりに、堀からの長い手紙が届いた。

そこには安達のエピソードが綴《つづ》られていた。

＊

七草くんへ

安達さんのことを、お手紙でお伝えすると言ってから、ずいぶんお待たせして本当に申し訳ありません。

なにを、どう書けば良いのか、ずっと悩んでいました。実のところ、今もまだ悩んでいます。でもとにかく書くしかないのだ、という気持ちで、ペンをとりました。もしも書き上がったものが、伝えるべき言葉でなかったなら、ごみ箱に放り込んでしまえばいいのだから。そうできることが、手紙というものの魅力ですよね？　実のところ私の部屋のごみ箱は、いくつもの丸められた便箋《びんせん》であふれています。

まずは私の、安達さんへの思いを言葉にしてみたいと思います。

こんなことは、貴方《あなた》が求めている話ではないのだ、ということはわかっているつもりです。でもどうしてもここから始めなければ、私にはこの手紙を、書き進められそうにないのです。

私は安達さんを、友達だと思っています。

友達という言葉は、とても定義が難しいと、私は思います。人によって、意味にずいぶん違いがあるようです。少し話をしただけでもう友達だという人もいるでしょうし、もっとややこしい、高いハードルを越えなければ友達だとはいえない、と考えている人もいるでしょう。

私と七草くんは友達でしょうか？　私は、友達でもある、と考えています。もっと別の言葉で表した方が適切なようにも思いますし、いかなる言葉でも全部は表現できないようにも思います。でも、少なくとも、友達でもある。そんな風に感じています。

私が考える友達とは、まず、信頼をあらわす言葉です。相手を信じていることが、友達の最初の条件です。

でも、たとえば仕事仲間に対して、相手の能力に信頼を置いていたとしても、それは友情とは少し違いますよね？　子供が親の愛情を無垢《むく》に信じるのも、やはり友情とは呼ばれないように思います。

私が思うに、友達というのは、根拠がない点が重要なのではないでしょうか。書面にした契約もなく、血縁のような強い繫《つな》がりもない、これまでの思い出の他にはなんの根拠もない相手への信頼。これが、私の考える友情であり、友達です。

この意味で私は、安達さんを友達だと思っています。

つまり私は、安達さんを信頼しているのです。それなりに、強く。七草くんにとっての真辺さんみたいに――と書くと少し大げさですが、サイズが違うにせよ、きっと同じような意味で。しかもその信頼に根拠はありません。

昔から友達だし、今もまだ、その思いは変わりません。

そして安達さんがなにをしようと、おそらく私がこの感情を失うことはないでしょう。

さて、本題に入りたいと思います。

安達さんは、魔女の世界で生まれました。

より正確には、生れる前から九歳まで、現実――という呼び方で正しいのか、私には確信が持てませんが、ともかく魔法のない世界――と魔女の世界のどちらにも彼女は存在していました。そして七年前、私が魔女に選ばれたとき、現実の彼女が魔女の世界の彼女を拾ったことで、ひとりになりました。

安達さんが、現実と魔女の世界、両方で生まれた理由はとてもシンプルです。彼女の母親が妊娠中、つまりお腹《なか》の中に安達さんがいるときに、魔女の世界で生きていくことを決めたからです。妊娠した彼女の母親が、現実と魔女の世界、両方に存在することになったため、安達さんも両方で生まれました。

出産の日時には、二日ほどのずれがあったと聞いています。生年月日で言えば、魔女の世界の安達さんが二日年上で、現実の彼女が年下ということになります。もちろん現実の母子手帳には、二日遅かった方が記載されていますので、彼女は自身の誕生日をそちらに合わせているようです。

生まれたときからふたりに別れていた魔女、というのは、おそらく非常に特殊なケースだろうと思います。魔女の世界で生まれた安達さんと、現実で生まれた安達さん、その両方が混じり合い、今の彼女の価値観を作っているはずです。

なのでこのお手紙では、ふたりの安達さんのことを、それぞれご紹介したいと思います。

魔女の世界の安達さんに私が出会ったのは、六歳のころです。小学校に入る直前の春でした。

当時、魔女だった女性――時任さんの先代になります――は、安達さんからみて叔母に当たる方でしたから、彼女のことも気にかけていたようです。なので安達さんは、私よりもずっと、魔法を身近に感じて育ちました。

その影響もあったのでしょう。あのころから安達さんは、ずいぶん大人びていたように思います。この世界では、魔法は非常に強い力で、強い力には責任が伴いますから。魔女の世界の安達さんは、生まれたときから、責任に押しつぶされて苦しむ魔女の隣にいたわけです。実際に安達さんの叔母に当たる当時の魔女も、ほんの数年間で魔法を手放すことになりました。彼女はその魔女と、続けて時任さん、ふたりぶんの「魔法の終わり」を体験して育ちました。

実のところ私は、当時の彼女との思い出が、ほとんどありません。私は基本的には現実の方で生活していましたから、魔女の世界の安達さんとは、それほど親しかったわけではないのです。なので魔女の世界の安達さんについて、私からお話できることはあまりありません。

ただ、ひとつだけ、なんだか印象に残っている会話があります。

彼女に、こんな風に尋ねられたのです。

――もしも世界中の全員が魔女なら、それは幸せなのかな？

この質問について、私はずいぶん考えました。誰も彼もが魔女だったなら。全員が同じように、望みを叶《かな》えられたなら、その世界は幸せなのか。

たぶん幸せだろう、というのが、当時の私の答えでした。すべての問題が綺麗に消えてなくなるわけではないけれど、少なくともいくつかの問題は解決するように思ったのです。

ですが、安達さんの考えは違うようでした。

――けっきょく、それは今より不幸なんじゃないかな。

と、彼女は言いました。

――いくつかの問題がなくなって、でも新しい、いくつかの問題が生まれる。そんなものなんじゃないかな。つまりね、どれだけ願いが叶おうが、みんな勝手に不幸になるような気がするんだよ。魔女になったその日はとても幸せで、翌日もまあまあ幸せで。それでもひと月後にはもうあんまり幸せじゃない。一年後にはちっとも幸せじゃない。そして魔女になっちゃうと、次の幸せはみつけられない。

言い回しは違うかもしれませんが、こんな話でした。

当時の私は、安達さんの言葉の意味を、あまりよく理解できませんでした。でも今なら、少しわかるような気がします。

七草くんは、ナドさんの幸せの定義を知っていますか？　私は最近の手紙のやり取りで、ちょうどその話を読ませていただきました。

幸福というのは周囲の状況ではなく、自分自身の変化の過程なのだ、とナドさんは書いていました。なにか目標があったとして、そこに近づいていく実感。できなかったことができるようになったり、知らなかったことを知ったり、持っていなかったものが手に入ったりする過程。その変化。絶対的な幸せというものはなく、昨日よりも少し良くなったという実感が幸せなのだ、という話でした。

魔女の世界の安達さんが言いたかったのも、同じようなことなのではないかと、私は思います。

つまり魔法を手に入れた瞬間は嬉《うれ》しくても、それに慣れてしまうと、幸せは色あせてしまう。でも魔法があればたいていのことが叶ってしまうから、「より良くなる」のは難しい。その先がなく、変化がなく、つまり不幸である。こんな話だったのではないでしょうか。

安達さんが魔法に望んだものは、七草くんもご存じの通りです。

時任さんに出された試験で彼女は、極力魔法を活用しないことを選びました。まるでなんにもないような島に、ぽつんとひとつだけ、暇つぶしのためのアパートが建っている世界が、安達さんにとっての魔法の正解でした。

彼女が島に作ったアパートは、私にとっても思い入れの深い場所でした。正確には、彼女の魔法のモデルとなった、現実にあるアパート――古森コーポに、いくつもの思い出があります。

以前、古森コーポには時任さんの部屋がありました。そしてある一時期、現実で生まれた方の安達さんと私は、そこに入り浸って暮らしていました。

現実で生まれた安達さんのことであれば、私は、それなりによく知っています。意外に思われるかもしれませんが、安達さんは内向的な子供でした。多くの時間を独りきりで過ごし、人と話をするのは苦手なようでした。

一方で、相手のことをよくみている子でもありました。私が学校の宿題をしていて、書き損じをしたときにきょろきょろと消しゴムを探していると、すっとそれを差し出してくれるような。なんと言ったらいいのでしょう、彼女は優しい子でした。

繊細な話題なので、言葉にするのが非常に難しいのですが、彼女の家庭にはなんらかの問題があるようでした。安達さんのお母さんは、魔女の世界で生きていきたいと考えたわけですから、現実の方にはあまり興味がなかったのではないか、と思います。実のところ、私の家庭も、それほど大きな違いはありません。魔女の血を引いている人たちはどうやら、家庭を持つには不向きな傾向があるようです。血筋というよりは、魔法に近しい場所で生活していることの影響なのだろうというのが、私の想像です。

それで私も安達さんも、自分たちの日々から逃げ出すように、時任さんの部屋に通いました。私はそこで、時任さんから絵の描き方を習いました。安達さんは本を読んでいることが多かったように思います。

私と彼女が疎遠《そえん》になったのは、ちょうど、ふたりで時任さんからの魔女の試験を受けたころです。魔法に望むものが、私と安達さんでは正反対でした。ですが、ケンカ別れをした、というわけではありません。口論のようなことにもなりませんでした。私たちは互いに、これ以上一緒にいることは難しい、と感じていただけでした。

それまでは毎日のように顔を合わせていましたから、私にはいくつもの安達さんの思い出があります。良いものも、悪いものも含めて。

その中からひとつだけ、私にとっての安達さんのイメージを決定づけることになった出来事をお話ししたいと思います。正直なところ、あまり気持ちの良い話ではありませんし、あやふやな点も多々あります。その点、ご了承いただければ幸いです。

あれは私と安達さんが小学一年生のころでしたので、もう九年も前のことになります。

ある日、私は、一匹の子猫を拾ったのです。それが捨て猫だったのか、親からはぐれた野良《のら》猫だったのかはわかりません。その猫はまだ生まれてからそれほど時間が経《た》っていませんでした。記憶では、小学一年生の私の両手から、ほんの少しあふれるくらいの大きさでした。

その猫はみるからに元気がありませんでした。顔に怪我《けが》をしていて、どちらか片方、たしか左目の方に目やにがこびりついていて、まぶたが開いていませんでした。道路の片脇《かたわき》で身をすくめているばかりで、私が手を伸ばしても、鳴き声も上げませんでした。でも身体《からだ》は熱いくらいに温かく、速い鼓動に合わせて、身体が小刻みに震えていました。

私は子猫を、古森コーポに連れていきました。古森コーポにはいつも通りに、時任さんと安達さんがいました。時任さんはすぐに子猫用のミルクを買ってきてくれました。でも猫はそのミルクをあまり飲みませんでした。

私は猫を病院につれていきたかったのですが、近くの病院はすでに受付時間を終えていたか、休診日だったかで、みてもらうことができませんでした。猫をみつけたのは小学校が終わったあと、まだ日が暮れる前だったはずですので、おそらく休診日の方だったのでしょう。ともかくその日は様子をみて、翌日に動物病院につれていこうということになりました。

私はひと晩中、猫の名前を考えて過ごしました。

なんとなく、あの猫は、自分たちが飼うことになるのではないか、と思っていました。

直感というより希望的な思い込みでした。

でも、そうはなりませんでした。けっきょくのところ私は、その猫に名前をつけることも、病院につれていくこともできませんでした。翌日に死んでしまったから。

その日、学校が終わって古森コーポに行ったときにはもう、猫はいませんでした。ただ赤い目をした時任さんと、いつも通りに本を読んでいる安達さんがいるだけでした。

ずいぶん混乱したことを、今でもよく覚えています。猫がいないことよりも、時任さんの顔の方に、私はショックを受けました。あの人の泣き顔――正確には、もう涙は流していなかったと記憶していますが、その直後の顔――をみたのは、初めてのことでしたから。

時任さんも安達さんも、子猫になにがあったのか、私にはあまり詳しく教えてくれませんでした。こう書くと、まるでふたりが秘密にしたようですし、実際にそういった側面もあったかもしれませんが、どちらかというと私自身が事情を知ろうとしなかった、というのが正しかったように思います。

ともかく事実であろうと思われるのは、次の二点です。

ひとつ目は、私が古森コーポを訪れる前に、猫の遺体は埋められてしまった、ということ。どこに埋めたのかさえ、私は聞いていません。

ふたつ目は、その前に、安達さんが子猫を窓から投げ捨てたのだ、ということです。時任さんの部屋があったのは三階でした。三階ぶんの距離を、子猫の身体が落下し、狭い路地のアスファルトにぶつかったのです。

安達さん自身の話によれば、子猫は彼女が殺した、とのことでした。

でも私には、彼女の言葉を思い出せません。こういう内容の話を聞いたのだ、という記憶があるばかりで、具体的にはただのひと言も思い出せないのです。まるであらすじだけを読んだ物語のように。彼女の肉声はなく、説明された内容だけが残っています。

安達さんが私に話してくれたのは、こんな内容でした。

猫は衰弱しており、もう助からないだろうと思った。ならミルクを与えるのも病院に連れていくのも無意味なので、窓から投げ捨てて殺した。それで、猫はみるに耐えない姿になってしまったから、穴を掘って埋めた。

ですがこの話を、私はあまり信用していません。

一方で、嘘《うそ》だ、と決めつけているわけでもありません。

安達さんの話は、私が知っている彼女の価値観から、大きく外れてはいません。表現の仕方に露悪的なところがあるけれど、実際は私のことや、時任さんのことを考えて、いちばん正しいと思える方法を彼女なりに選んだのだと感じます。

でも、それにしても極端だ、というのが私の印象です。

これはあくまで私の想像なのですが、安達さんが窓の向こうに落としたときにはもう、子猫は死んでいたのではないでしょうか。子猫が息を引き取って、そのことに気づいた安達さんは嘘をつくことにした。「自分自身が猫を殺したのだ」という嘘です。

ある点では、安達さんは一般的な感覚を超えてドライなのだと感じます。猫を傷つけることはしなくても、猫の遺体であれば傷つけても不思議ではありません。

事実、安達さんが猫を窓から落としたことで、私は多少なりとも救われたのでしょう。

正直に打ち明けると、私はあの猫が死んだ悲しみをほとんど覚えていません。あのときの私は悲しかったのかも、今はもうわからないのです。

記憶にあるのは、ただ、驚いて。ただ、混乱していたことです。それから、安達さんへの恨みもありました。猫の死を悲しむことと、友達を恨むこと。どちらがより苦しいのか私にはわかりません。でも、もうひとつ別の視点を持ち込むと、私にとっての答えはずいぶんはっきりとします。

もしもあの子猫が、衰弱死していた場合。

目の前にあの子の遺体があった場合。

私はもっと、自分を責めたはずです。明らかに弱っていたあの子を、とりあえず一日様子をみようと決めたことに、罪の意識を抱いていたのではないかと思うのです。

ですが安達さんの行動で――彼女が窓から落としたとき、猫が生きていたにせよ、死んでいたにせよ――私はネガティブな感情を、自分自身に向けることはなくなりました。驚きと混乱と、彼女を恨む気持ちが、それをどこかに押しやったのです。

どんな理由があったにせよ、私は彼女の行動に肯定的ではありません。

私はたとえ自分を責めることになったとしても、綺麗なままの猫の姿をもう一度みたかった。あの子を土の下に埋めなければいけないなら、自分の手でそうしたかった。悲しんで、苦しんで、自分を責める機会を、奪われたくはなかった。

それでもきっと、私たちは、すれ違ってはいません。

安達さんは私のことを正確に理解していて、私が少しでも楽になるように、彼女は行動したのではないかと思います。

そして私はたしかに、安達さんの行動で、多少なりとも楽になって。ただ、そんな風に楽になることは求めていませんでした。

安達さんの方も、そのことをわかっていて、それでも――私がいらないと言うことを知っていても、ある種の救いを、彼女の価値観に従って私に押しつけたのではないでしょうか。

この手紙がずいぶん長くなってしまったことと、それから、私の推測が混じった内容になってしまったことをお詫《わ》びいたします。

こんな注釈は、七草くんには必要ないとは思うのですが、私の感情のために、もう一度書かせてください。

私はあのころも、今でも、安達さんを友達だと思っています。

一度もその感情を手放したことはありません。

彼女を信頼していて、きっと、優しい人なのだとも思っています。

私たちは価値観の一部が、どうしても嚙《か》み合いません。それでも。彼女に出会えたのも、一緒に過ごした時間も、今、この階段島に彼女がいることも、みんな、私の幸せの一部です。

ここまで書いても、この手紙を七草くんに読んでいただくべきなのか確信が持てないでいます。でも私はきっと、これを貴方に差し出すでしょう。

いつか、貴方が安達さんのことをどう感じているのか、話していただけましたら幸いです。私はなんだか、貴方も安達さんのことを、嫌いはしないように感じているのです。

それでは、また。

顔を合わせて、貴方とお話しできるのを楽しみにしています。

＊

夕陽は島の反対側に落ちて、夜が始まりつつあった。

街灯にはすでに明かりが灯《とも》っていたけれど、その明かりは目立たなかった。まだ青みを残す空の下で、並んだ街灯が黙々と光を放つ。小さな星たちと同じように。

灯台を出た僕は、島の西に向かって歩き始める。

いくつか先の街灯の下に、ひとりの少女が立っていることには気づいていた。赤いフレームの眼鏡をかけた少女だ。安達。僕はそちらに歩み寄る。ちょうど、彼女と話しをしたいと思っていた。

「こんばんは」

そう声をかけると、彼女は顔をしかめるように笑った。あるいは笑うように顔をしかめた。どちらが正しいのか僕にはわからない。

「一日、真辺さんの相手をしていて、わりと疲れたよ」

「そう」

「貴方、よくあんなのと一緒にいられるね」

「コツがあるんだ」

「へぇ。どんな？」

「簡単だよ。真辺に憧《あこが》れればいい」

彼女を美しいものだと受け止めればいい。苦しみも苛立《いらだ》ちも悲劇もみんな、あの子の無邪気な瞳と同じ、魅力の一部だと信じればいい。

「私には、とてもできない」

「だろうね」

「もしかして、馬鹿《ばか》にしてる？」

「いや。どうして？」

「適当な同意は、つまりそういうことでしょ」

「適当じゃない」

ある程度は。安達のことはまだよくわからないけれど、それでも、口先だけではなく同意できるくらいには、彼女のことを考えた。

「たぶん君は、僕の敵じゃない」

仲間でもない。好きにもなれない。でも彼女の価値観を、僕は受け入れられる。

今度こそ安達は顔をしかめた。

「まったく意味がわかんないんだけど、敵ってなに？　戦争でもしてるわけ？」

「魔法を巡って争ってる」

「なら敵でしょ」

「でも、本当に大事なのは、誰が魔法を持つのかなんてことじゃない。それをどんな風に遣うのかが大事だし、目先ではとりあえず、大地が幸せになればみんな満足だ」

「みんな？」

「僕も、堀も、真辺も。それから時任さんも。魔法に強くかかわっている人みんな」

「そこに真辺さんを入れるのは、嘘でしょ。どうしたってあの子は満足しない」

「そうだね。世界が楽園にならない限り」

「楽園にだって、なにかしらの問題をみつけるさ」

「だとすればそれは、本物の楽園じゃないからだ」

本物の楽園。

ユートピア。理想郷。

真辺の言葉に沿って表現すれば、一〇〇〇年後には人類がたどり着けるかもしれない場所。でも僕の価値観じゃ、どれだけ遠い未来にも存在しない場所。

安達は不機嫌そうに僕を睨《にら》む。

「文句のつけようもない楽園なんて、実在しない。現実じゃけっきょく、真辺さんの願いが叶うことなんてあり得ない」

「うん。でも現実を無視すれば、真辺が満足する世界だって想像できる」

「そこを無視しちゃだめでしょ。現実をみない理想主義なんて、暴力みたいなもんだよ」

「まったくだね。でも理想を想像しない現実主義なんてものは、自殺志願者みたいなものだ」

「どうかな。自覚はないんじゃない？」

「ならいっそうひどい」

こんなにぞんざいに言葉を扱っても、おおよそ互いの言いたいことがわかるくらいには、僕たちは価値観を共有している。同じ言語を同じ意味で扱っている。

安達は大げさなため息をついた。

「なに、この話？　意味ある？」

「楽しい雑談に意味を求める方が無意味だよ」

「やっぱ馬鹿にしてない？」

「まったく。僕も疲れているんだ。真辺の世界を覗《のぞ》いていたから」

「疲れてると無駄口が増えるタイプなの？」

「無駄口というか、八つ当たりが増える。君もでしょ」

「かもね」

僕は笑って、安達は顔をしかめた。きっとどちらも同じ意味だ。

四月に入ったとはいえ、夜風はまだ冷たい。コートを着てこなかったことを少し後悔した。

「一緒に夕食でもどう？　夜の立ち話にはまだ早いでしょ」

「食事は寮で出てくるよ」

「今日は遅くなるって連絡を入れてる」

「私はそうじゃない」

「どうにでもなるでしょ。魔法を使えよ」

「さっさと本題に入ろうって言ってるんだよ」

「その本題が長くなるって言ってるんだ」

「さっきから、私を怒らせたいの？」

「いや。どうでもいい。ちょっと怒ったくらいじゃ、君は意見も態度も変えない」

「ずいぶん私に、詳しくなったみたいだね」

「うん。僕の本題は、それだよ」

出会ったばかりのころ、僕にとって安達はただの障害だった。理解できない、しようとも思えない、できれば避けて通りたいものだった。

でも今は違う。

僕に安達を一〇〇パーセント理解することはできない。安達に限らず、真辺だって堀だって大地だって、人間ひとりを完全に理解できるなんて夢はみていない。

大切なのはほんのひと握りでも、相手を確信していることだ。今の僕はもう、安達の一部を知っている。たとえば堀が彼女を友達と呼ぶことを知っている。顔をしかめながらでも、真辺の横に立っていられる少女なのだということも。かつてアパートの窓から子猫を投げ捨てたことも。注意深く、優しく、冷徹で、だれとも混じり合わないような価値観を平然と他者に押しつけられることも。

「本当はひとりの人間を、こんな風に簡単に表現するべきじゃないんだろう。もっと複雑なまま受け入れないといけないんだろう。でもね、無遠慮にまとめてしまうと、君は絶望を愛している」

一般に使われる、絶望という言葉とは少しニュアンスが違う。

もっと字面《じづら》のままに、望みが絶たれることを。希望が結末を迎えることを。彼女の価値観をわかりやすく定義してしまうなら、こうなる。

「君にとっては、希望こそが悲劇を生むんだろう。諦められないことが、世の中を壊すんだろう。だから悲劇の手前に絶望を置こうとする。希望を奪って諦めろと言う。努力の価値を信じられなくて、それは無価値だというために努力し続けている。安楽死みたいな優しさに従っている。救われないと思い知るのが、救いになると信じている」

安達は呆れた様子だった。

否定も肯定もせず、不機嫌そうに「話が長い」とぼやいた。

僕は彼女の特徴を、もう少し短くまとめる言葉も知っている。たったひと言で言い表せる。

「安達。君は、悲観主義者だ」

自分自身をそう定義している、ある意味では本当に完成された悲観主義。僕が自分をそう認識していたころのような紛《まが》い物ではない、徹底したひとつの価値観。

安達は笑った。きっと、その表情に感情なんてものはない。

「なんとなくだけどね。私と貴方の本題は、同じなんじゃないかって気がしてきたよ」

「うん。僕もだ」

そんな気がしたから、恥ずかしい話を長々と続けたんだ。

「七草くん、手を組もう」

「君にそう言われるのは、何度目かな」

「さあね。本心で言うのは初めてだよ」

「手を組んで、なにをするの？」

「ひとつしかないでしょ」

もちろん、その通りだ。

僕たちが共通して持てる目的なんて、ひとつきりだ。

安達は言った。

「真辺由宇に、絶望を教える」

僕は頷《うなず》く。

「なんでもするよ。でも、その前に大事なステップがある」

「大地くんのこと？」

「もちろん」

安達は興味もなさそうに息を吐き出す。

「そ。好きにして」

「手伝ってくれる？」

「あんまり面倒じゃなければね。アイデアはあるの？」

「漠然と。でも、今は君のやり方が正しいんじゃないかと思ってる」

相原大地に。あの、家族に愛されなかった、かわいそうな少年に必要なのは。

あるいは、絶望なのかもしれない。

＊

本当の、本質じゃ、僕と安達は敵対し合っている。

きっと彼女が願っているのは、純粋に堀の幸せなのだろう。だから堀から魔法を奪おうとする。魔法なんて重たすぎる希望を絶ち、あの子を呪《のろ》いから解放しようとする。

理由は？　知らない。たぶん、友達だから。

一方で僕も、もちろん堀の幸せを願っている。

でも優先順位が違う。どうしたって僕は堀を魔女として扱う。彼女の魔法が、途方もなく美しいものにみえるから、それを守りたいと思う。

つまり安達は人間としての堀を守りたくて、僕は魔女としての堀を守りたい。そのふたつは、多くの点で矛盾する。

なのに僕と安達は手を組める。ほとんど同じ未来を想像している。

同じ過程を進んだ先で、結末だけ、まったく別になると信じている。

僕たちはきっと、とてもよく似ていて。同じ言葉を、同じ価値観で使っていて。

でも本質だけが正反対を向いている。

2

翌日、四月三日は土曜日だった。

僕は太陽が南中する前に、長い階段を上った。

春休み期間中の土曜日だというのに、学校は開いていた。ブラスバンドの演奏が聞こえたから、クラブの活動があるのだろう。

僕が向かったのは、いつも通りに屋上だった。そこには一〇〇万回生きた猫がいて、フェンスに背を預けて本を読んでいる。この半年ほどですっかり日常になった景色だ。

まず彼の方が本から顔を上げて、「やあ」と言う。

それに僕も「やあ」と応《こた》える。続けて尋ねた。

「春休みにも、ここにいるんだね」

「授業のあるなしは関係ないさ。オレはこの屋上が気に入っているんだ」

「どこがいいの？」

「ん？」

「屋上の」

「昨日もオレが、ここにいたところだよ」

彼は苦笑を浮かべた。どちらかといえば柔らかな苦笑だった。

「一昨日も、その前も。初めはどこだっていい。あんまりうるさくなくて、それなりに空がみえる場所ならいい。でも、まいにち同じところにいたなら、そこがオレの居場所だ。オレはオレの居場所が好きなんだ」

「そう」

「君は違うのか？」

「どうかな」

今のところ僕はまだ、三月荘の一室が僕の居場所だとは思えない。なら、真辺の隣は？　あるいは堀の隣は？　どちらもそれぞれの意味で、僕の居場所なのだという気がする。けれど真辺には真辺の、堀には堀の特別な理由がある。

こうして一〇〇万回生きた猫に会いに来たのだって、同じことだ。誰でもよかったわけじゃない。愛着だけで、彼を好んでいるわけじゃない。

僕は一〇〇万回生きた猫の隣に腰を下ろした。

「堀の話をしに来たんだよ」

「最近は彼女の話ばかりだな」

「うん」

「恋人なのかい？」

その質問はずいぶん直接的で、一〇〇万回生きた猫らしくないような気がした。でもきっと僕の方が、直接的な会話を求めているのだろう。愛だとか恋だとか、高貴な星に抱くには似つかわしくない感情をどうにかしたがっているのだろう。

僕は笑う。

「ずいぶん難しい質問をするね」

「そう」

「頷いても否定しても、不誠実な気がするよ」

「そんな風にはぐらかすのは？」

「もちろん、不誠実だ。どうしようもない」

この世界に、恋人なんて言葉がなかったならよかったのに。そんなにも簡単に、まるでナイフで切って形を揃《そろ》えるみたいに、誰かとの関係を言い表したくはないんだ。

「僕はもっと純情でいたいんだよ。言葉にならないような愛情で、ただ手を繋いでいたいんだよ」

「ならそうすればいい」

「簡単にはいかないんだ」

「難しくても、そうすればいい」

「でもね、僕がしたいようにしていたなら、きっと誰かを傷つけてしまう。そして誰も幸せにはならない」

一〇〇万回生きた猫は手元の本を閉じて、片脇に置いた。栞《しおり》のようなものは挟まなかった。

「前に、独占欲の話をしたのを覚えているかい？」

僕は頷く。彼と堀との手紙のことだ。

堀の手紙になんと書かれていたのかは知らない。ともかく彼女の手紙を読んだ、一〇〇万回生きた猫は、こんな風に言った。

――大切なものを独占したいという感情は汚いものではないんだと、言って聞かせたくなった。でも困ったことに、オレは独占欲なんてものに興味がない。

彼は静かな口調で続ける。

「恋人というのは、つまりそれだろう？　あなたを独占したいんです。どうか受け入れてください、という話だ」

「かもね」

「君はそれを嫌っているんだ。だから、まるで愛を避けて歩きたがっているようだ」

「うん」

――君はもう、なにも捨ててはいけない。

と僕に言ったのは、時任さんだ。

僕自身、できるならそうしたいと思っている。なにも捨てないまま成長できたなら、なんて素敵なんだろう。一方を選んで、もう一方を捨てるのは、苦痛だ。だから誰かを独占したくもないし、誰かに独占されたくもない。

自分自身にひどい嫌悪感《けんおかん》を覚えながら、僕は夢みたいな話をする。

魔法よりも階段島よりも、夢みたいな話を。

「僕はこの世界にひとつでも多く、あの子の救いになるものがあって欲しいだけなんだよ」

本当に、本心で。

でもそれも不純なんだろう。誰に対しても誠実ではないのだろう。

「オレを、それにしようっていうのかい？」

「できるなら。できる範囲で。今だってもう、そうなっているんじゃないかな」

「猫に過剰な期待を向けちゃいけない」

「でも、猫っていうのはそういうものだろ？」

そこにいるだけで、なんらかの救いになるものだろう。

優しい口調で、一〇〇万回生きた猫は言う。

「たまには、オレの話をしようか」

僕は黙って、彼の声に耳を傾けていた。

静かな声だった。低く、抑揚のない、どちらかというと小さな。その小さな声を遮るものはなにもなかった。風も吹いていなかったし、鳥の声も聞こえなかった。ブラスバンド部も今は演奏を止めていた。四月の初めの暖かな日の光が射《さ》すだけで、それは音を立てなかった。

「以前、気に入っていた女の子がいたんだよ。たまに会って、話をして。その子をオレのものにしたいと、思わなかったわけじゃない。彼女の髪をなでる感触を知っていたならどれだけ素敵だろうと、想像しなかったわけじゃない。でもオレは、彼女に手を伸ばそうとはしなかった」

「どうして?」

「さあね。理由なんて、ないんじゃないかな」

彼が比喩《ひゆ》ではなくなにかを語る姿に、僕は驚いていた。その小さく低い声は妙に優しくて、なんだか寓話《ぐうわ》みたいに聞こえる。

「こんな風にも表現できる。オレは、目にみえない怪物の前で立ちすくんでいた。それはありもしない怪物なんだ。オレの目にはたしかに見えていて、乗り越えられなかった、でも存在しない怪物だ。だから本当は、理由なんてない」

僕は頷く。

「よくわかる」

簡単に使うべきではない言葉だ。それでも。

僕も、いつだって、ありもしない怪物の前で立ちすくんでいるのだろう。いくつも、いくつもの怪物に、取り囲まれて怯《おび》えているのだろう。

「でも僕はその怪物が、嫌いじゃないよ。僕の目にだけみえる怪物たちがそこかしこにいることで、どうにか生きていられるんじゃないかって気がする」

そう僕が答えると、一〇〇万回生きた猫は満足げに笑う。

「当然だ。そんな風に受け取れない奴《やつ》には、初めから話しもしない」

「けっきょく君は、怪物を打ち倒せって言いたいの？」

「どうでもいい。そんなことは」

いつになく、彼は歯切れが悪かった。

声にならない言葉を、どうにか声にしようとしているようだった。

「怪物を無視してしまうことだって、もちろんできる。いないと悟るのは難しいことじゃない。でもね、オレがひとりの女の子に特別な魅力を感じたのも、きっと怪物の力なんだよ。死への恐怖だって、明日への希望だって怪物だ。その思い込みをみんな取っ払った世界に、いったいなにが残るっていうんだ？」

なにかは残るだろう。きっと。骨だけの現実みたいなものが。

それは真実と呼ばれたりもする。でも僕や一〇〇万回生きた猫にとっては違う。客観的な事実が真実であるように、主観的な思い込みもまた真実だ。本当はいない怪物も、僕たちがいると信じている限り、確かに現実に影響を及ぼす。

一〇〇万回生きた猫は続ける。

「楽に生きたいなら、上手《うま》く使い分ければいい。難しい怪物はいないことにして、わかりやすい怪物だけを傍におけばいい。長生きの価値だとか、人類の発展だとかね。でも簡単には忘れられない、ややこしい怪物が君にいるのなら、迷い続けているしかない」

彼が語る怪物とは、信仰のことなのだと思う。

それぞれひとりひとりが、個人的に抱えている信仰。その明文化されていない教典に現れる怪物たち。

どの幻想に価値があると信じて、どの幻想を無価値だと切り捨てるのかで、個人の信仰が形作られる。世の中の多くの人が持つ信仰だけで生きていけるなら、その方が効率的だろう。死はできる限り避けなければならない。これだって信仰だ。お金を稼いで豊かな生活を送るだとか、温かな家庭を手に入れるだとかを幸せだと感じるのも信仰だ。そんな、わかりやすい信仰だけを集めて自分を作り変えることだって、もちろん不可能じゃない。それを成長なんて言葉で簡単に括《くく》ってしまってても別にいい。でも、効率的な信仰を選べない、選びたくない人間は、別の形の成長を探し続けるしかない。

　僕はうつむいて口を開く。

「堀はいつだって、その怪物と向き合っているんだよ」

「ああ。君と同じように」

「違う。僕よりもずっと丁寧に」

「オレには違いがわからない。でも君がそう感じているなら、きっとそうなんだろう」

「うん。ありがとう」

　一〇〇万回生きた猫の声は、幼い子供に向けた物語みたいに誠実だ。きっと彼にとって物語と会話は、ほとんど同じ意味なのだ。どちらも現実の一部を切り取って、相手の胸の中に差し出す。ナイフで刺すようじゃなくて、小さな種を埋めて、やがて芽が出るのを待つように。

「彼女の怪物をどうにかできるのは、彼女自身だけだろう。でも、君にならそれを手伝うことができる。優しく守り、手を貸すことができる」

「どうかな。なかなか難しい」

　堀が悲しむ姿をみたくなんてなかった。できるなら彼女には、いつだって笑っていて欲しかった。もしも彼女が傷つくなら、そのたびに、丁寧に慰めたかった。

　でも、そんな風に生きるには、僕は彼女に多くのものを求め過ぎている。愛や恋ではない、もっと純情な僕にとっての信仰の対象として彼女を扱ってしまう。

「本当は僕よりも、君の方がずっと優しいと思ってるよ」

「猫が優しいわけないだろう」

「そう？　いるだけで心を和ませてくれるのに」

「それは優しさじゃない。チャーミングなだけだ」

僕は思わず笑って、それから理由もなく首を振った。

「ま、いいさ。僕がいるあいだは、別にいい」

一〇〇万回生きた猫はふっと息を吐き出して微笑《ほほえ》む。

「君はいなくなるのか？」

「わからない。たぶんそんなことにはならないけれど、でも」

僕自身が、ひどくあの子を傷つける可能性はある。そうなったとき、彼女を上手に慰められる誰かが、できるだけ近くにいて欲しい。

微笑んだまま、なのに猫の爪《つめ》みたいに鋭い口調で一〇〇万回生きた猫は言う。

「他人に求めるのは、上手くいかなくても笑って済ませられることだけにしろよ。それ以上は望み過ぎだ」

かもしれない。

でも。

「なにもかもがそんなに上手くいくわけじゃないだろ？　絶対に失敗したくない、自分の手では成し遂げられないことだってある」

ならもう、誰かを当てにするしかない。僕にできる努力は、誰を、どんな風に信じるのかだけだ。

一〇〇万回生きた猫は大げさなため息をついた。

「君はオレを、なんだと思ってるんだ？」

「友達だよ。他にはない」

「友達ってのはどういう意味だ？」

「ある聡明《そうめい》な女の子の話じゃ、根拠なく信頼できる相手のことらしい」

堀があの手紙に書いた友達の定義が、僕は気に入っていたけれど、一〇〇万回生きた猫は首を振る。

「オレにとっての友達って奴は、そうじゃない。信頼なんてものはいらないよ。たまに、暇つぶしにつき合ってくれるだけでいい」

「そう」

その定義にも、納得できる。

「なんにせよ、頼むよ」

「ああ頼まれた。そしてオレは、引き受けなかった」

「それでいい」

友達という言葉の定義に関わりなく、僕は一〇〇万回生きた猫を信頼している。馬鹿みたいに優しい彼は、きっと、断った頼まれごとまで果たそうとする。

＊

屋上には、それほど長くはいなかった。次の約束があったのだ。

長い階段を下りながら、僕は堀と真辺のことを考えていた。堀への感情はややこしく、真辺への感情はシンプルだ。堀への願いはシンプルで、真辺への願いはややこしい。

僕の中の何割かは、真っ当に堀に恋しているのだろう。つまり小学三年生のころに階段島にやってきて、長い時間を堀と共に過ごした方の僕は。その僕を拾ったから、今だって彼の恋心を覚えている。まるで自分の感情みたいに。でも他人の恋心を代行しているような、あやふやなところもあって、いまいちリアルには感じられない。

それを別にしても、堀は好ましい少女だ。優しく、真面目《まじめ》で、強い少女だ。

僕は彼女の幸せを願っている。本当に。彼女の未来が明るいものであって欲しいし、そのために僕にできることがあるのなら、なんでもしたいという気持ちもある。彼女に尽くして生きていたい。

一方で真辺由宇への思いは、やはり恋愛感情からはかけ離れているようだった。真辺が真辺のままでいてくれるなら、それ以上の望みはない。もしも彼女が僕の存在を頭からつま先まで忘れてしまったとしても、それは悲しいことじゃない。

僕は真辺の幸せだって願っている。でも、彼女が苦しみ続けていてもかまわない。それこそが真辺なのだ、とさえ思う。真辺は真辺のまま悩み、真辺のまま失敗して、真辺のまま傷つけばいい。そしてまた、真辺の意志で顔を上げればいい。

――僕が堀に、魔女であることを求めているのは。

きっと堀への愛情ではなく、真辺への信仰が理由だ。純情なままであり続ける異質さを美しく感じる思いだ。

一方で真辺との思い出がない、階段島にいたもうひとりの僕は、堀が魔女であることだって捨てられた。人間としての、少女としての堀の幸せをイメージできた。本当は、そちらが正しいのだとわかっている。理性はそちらが綺麗で、清々《すがすが》しいのだと知っている。でも感情がどうしても堀の魔法を諦《あきら》められない。

こんな僕は、捨てられて当然なのだろう。

けっきょく僕は、ひとつの星に恋し続けているのだから。人間ではない、もっと純粋なものへの愛のために、ほかのすべてを犠牲にしたがっているのだから。

3

階段島から東の海を眺めると、霞《かす》みの向こうに陸地がみえる。

その陸地には時任さんがまだ魔女だったころの、魔女の世界が残されている。閉鎖された遊園地みたいな、なんの変化もない世界だ。そこで大地の両親が暮らしている。現実の自分たちに捨てられた、もうどこにも行けないようなふたりが。

真辺は当然、そのふたりに会いたいと言った。僕と堀もそれに同行することにした。

待ち合わせの時間は午後二時で、場所は港だった。僕は一時間も早く港に着いて、海の向こうを眺めながら、パン屋で買ったパニーノを食べた。ハムとモッツァレラチーズとトマトに、ハニーマスタードを使ったパニーノだ。すぐ後ろが郵便局だったから、時任さんが出てきてもおかしくないなと思ったけれど、そうはならなかった。僕の方も、郵便局を訪ねようとはしなかった。

ちょうど昼食を終えたころ、堀が現れた。

「こんにちは」

と僕は言う。

「こんにちは」

と堀が答える。

それから彼女は、僕の手元にあったパン屋の空袋を指さした。

「それ、捨てる？」

「うん。ちょうどゴミ箱を探そうと思っていたところだよ」

「そう」

と、堀がつぶやいたとたん、僕の手の中から紙袋が消えた。

驚いた、というのとは少し違うけれど、なんだか意外で、僕は空になった両手をみつめる。

「僕のためだけに魔法を使うのは禁止じゃなかったかな？」

正確には、僕たち——僕と堀のためだけに魔法を使うのが、だ。自分たちで決めたルールだけど、特別な理由がない限り守り続けてきた。

「それは、私が魔女だったときのルールだよ」

「今は違うの？」

「今は、時任さんに魔法を借りているだけ」

嫌だった？　と堀は首を傾《かし》げる。

「嫌じゃない。もちろん。ありがとう」

僕が微笑んで、会話が途切れる。いつも通りに堀は言葉を探している。僕は彼女が次の言葉をみつけるのを待つ。

魔法の使い方は、階段島を作りながら考えた。ルールが必要だったのは、魔法を怖れていたからだ。強すぎる力にはなんらかの歯止めが欲しい。魔法と幸福をそのまんまイコールで繋《つな》ぐのを躊躇《ためら》っていた。

きっと、魔法を心の底から好きになれる人間なんていない。

僕だって堀だって、あれを嫌うところから始まっている。誰だってそうだろう。本当になんでもできる力を前にして、足がすくまないはずがない。もしも例外がいるのなら、真辺由宇くらいだ。

最適な言葉がみつかった、というよりはただ覚悟を決めたのだろう、堀が口を開く。

「私は、もっと魔法を好きになりたいよ」

素敵な言葉だ。

「良いと思う。僕たちは努力で、魔法を好きにならないといけない」

堀は魔法を愛する魔女を目指しているのだから。強すぎる力を、正しく使えると信じようとしているのだから。

その点で僕たちは、初めから真辺に負けている。

僕たちにとってはたどり着けるかどうかもわからない、遠く遠くのゴールが、真辺由宇のスタートだ。

──でも、そんなものをスタートにできるわけないんだ。

怖がるところから始められないなら、魔法に手を出すべきじゃない。

堀は深呼吸みたいな、ゆっくりとしたペースで話す。

「私は、いろんなものを好きになりたいよ。魔法も、魔法がある世界も、言葉も。もっと無責任に、好きになれればいいと思う」

息を吐き出して、僕は笑う。

まるでため息みたいに、でも心の底から嬉《うれ》しくて。

喜びながら、呪いみたいなことを言う。

「君は、無責任にはなれないよ」

彼女は首を傾げた。

「なれないかな？」

「うん」

本当は、なれるかもしれない。でもそれを否定することが、僕のちっぽけな責任みたいに感じる。

「君が今までよりもたくさんのことを喋《しゃべ》ってくれたなら、僕は嬉しい。魔法も同じように、たくさん遣えばいい。でも、君の綺麗で繊細なものを、胸の中から捨ててしまう必要はないんだよ」

堀は臆病な子だ。無自覚なまま誰かを傷つけることに、ふと悲しみが生まれてしまうことに、臆病だ。

だから極端に口数が少ない。

ただのひと言を、魔法と同じように怯えながら扱う。

その姿は過剰に弱々しくて。なんて非効率的で。ともすれば愚かで。だからこそ、僕にとっての理想の魔女は堀しかいない。

「真辺さんは――」

堀が、苦しそうに目を細める。

「私が、喋るのが苦手なのは、相手を信用していないからだって言った」

その話は、以前にも聞いたことがあった。

堀が真辺の言葉を気にしていることも知っていた。堀にとって重要な指摘だったのだろう。でも僕からは、取るに足らないものにみえる。

「大地が相手であれば、僕はなにも疑って欲しくないと言うよ。世界と、未来と、僕たちと。なにもかもを純真に信じて欲しい。でも、君がもう一度魔法を手に入れるなら、違うんじゃないかな」

魔法ほど大きなものでなくても、力と責任を持つなら――つまり、今よりも大人になろうとするなら、怯えていることが大切だ。胸の中に冷たいものを、ひと欠片《かけら》持っていなければいけない。

「疑うことも、責任なんだと思う。どれだけ大好きなものでも、愛していても。僕はその大好きなものや、愛しているものを守るために、すべてを委《ゆだ》ねないでいたい」

堀みたいに真面目で優しい子はきっと、真辺の言葉を聞き流せないだろう。

まともに向き合ってしまうのだろう。

それは、僕にとっては嬉しいことだ。聞き流されて、放り投げられて、見向きもされなくて当たり前みたいな真辺を、丁寧に扱ってもらえるのは気持ちがいい。でもあれを受け入れる必要はない。

――だって真辺由宇は、反論されるためにいる。

否定されて、打ち砕かれて、ぼろぼろになるためにあの子はいる。

なんて悲しいんだろう。真辺はそれが、社会との正しい関わり方だと信じている。

真辺由宇の主張が砕け散って、その先により良いなにかが生まれることを、彼女自身が望んでいる。世界を信じるというのはそういうことなのだと思い込んでいる。

「真辺は綺麗だよ。濁りがない。でも誰もがあんな風に、捨て身みたいに目の前のものを信じてしまったなら、なんだって壊れちゃうよ」

僕たちは濁っていなければいけないんだ。きちんと怯えて、きちんと疑って。ネガティブなところまで含めて、広く、強く愛さなければいけない。

堀は長いあいだ、沈黙していた。

そのあいだも僕はじっと、海の向こうをみつめていた。遠くにいくほど海は青く、空は白い。それで、水平線が際立《きわだ》つ。海の青と空の白のあいだで、かつて時任さんの世界だった大陸は、ひどく孤独にみえる。

やがて堀が口を開く。

「でも」

たった二音が、聞いたことのない響き方をしたように感じた。重たく、苦しげで、尖《とが》っていた。

僕は堀の、ほとんど表情のない、でも泣きぼくろのせいで悲しげにみえる顔をみつめて続きを待つ。それほど間を置かず、堀は言った。

「七草くんの理想は、真辺さんでしょう?」

返事に迷う。誠実に答えたくて。

けれどこれだという答えはみつからなかった。

「僕の理想なんて、ちっぽけなものなんだ。悲しんで欲しくない人たちが、悲しまないでいてくれたら嬉しい。それだけだよ」

堀はなんだか、少し困っているようだった。

これまでの彼女であれば、そんな素振りもみせなかっただろう。もっと注意深く自分自身を隠して、小さく頷くだけだった。でもきっと彼女は今、大きく変わろうとしていて、そのために無理やりにでも口を開く。

「知ってるよ」

「そう」

「でも、真辺さんのことだけは、そうじゃないよね」

「うん」

真辺由宇の幸せなんか、どうでもいい。

苦しみたいだけ苦しめばいい。まいにち涙を流していればいい。真辺が美しいままでいてくれるなら、他のなんにも彼女には求めない。ただ、僕も一緒に、苦しんだり泣いたりしていたい。

「ならやっぱり、七草くんの理想は、真辺さんなんだよ」

「そうかな」

「うん」

僕は息を吐き出す。すぐあとで、それがため息にみえなかっただろうか、と不安になる。どんな場面であれ、堀を相手にため息なんてつきたくはない。

「理想にもいろんな種類がある。理想的な結末と、理想的な手段はやっぱり違う。真辺は僕の、ひとつの理想かもしれない。でも君だって僕の理想だ」

本当に。

真辺由宇がこの世界にいる。それは僕にとって重要なことだ。でも堀がいることだって重要だ。

堀はほんのわずかな時間、まっすぐに僕をみつめた。

「私は、七草くんの理想になりたい。嘘でも、偽物《にせもの》でも、真辺さんよりも強い理想に」

堀の言葉が重たくて、魔法にかかったみたいに声が出ない。

――僕の、いちばんのわがままは。

堀と真辺を、比べたくはないということなんだ。

性質がまったく違うふたりへの感情を、混ぜ合わせたくはない。別々の価値観で、それぞれをそれぞれのまま大切に思っていたい。これは許されないことなのだろうか。順位をつける必要があるのだろうか。一方を選び、一方を捨てた先にしか、成長というものはないのだろうか。

「ごめんなさい」

堀が視線を落とす。

「こんな話は、迷惑だって知ってるよ。でも、避けて通りたくはない」

彼女は顔を上げなかった。

弱々しくうつむいたままだった。

なのに、言葉だけは強い。真辺の視線みたいに強い。

まっすぐで、綺麗に聞こえる。

「私はわがままな魔女になるよ。わがままに魔法を使う魔女になる。わがままに、貴方を好きな魔女になる。私が貴方にとっての呪いになるとしても、それでも」

目の逸《そ》らしようもなく、彼女の言葉は告白だった。

僕になにかを選ばせて、僕になにかを捨てさせる、堀がもっとも慎重に扱う種類の言葉だった。

だから彼女は、苦しげに海面を睨んでいる。僕は応《こた》える。

「手紙を書くよ。誤解なく、返事が伝わるように」

でも、どうしたところで誤解は生まれるのだ。

どれだけ丁寧に言葉を選んでも、相手が堀だったとしても。

「うん。待ってる」

と彼女は答えた。

＊

港に真辺由宇が現れたのは、約束の時間のちょうど一〇分前だった。

ろくに挨拶《あいさつ》も交わさずに、彼女は言う。

「昨日、みてたんだよね?」

魔法で作られた、彼女の世界の話だ。

僕が頷くと、彼女は重ねて尋ねる。

「どうだった?」

「最悪だった」

「なにが?」

「気分が」

みていたくない世界だった。トラウマになる。

真辺は小さく頷く。

「改善点は?」

「とくにないよ。ひとつの方法として、間違ってはいないと思う」

大地と彼の母親に様々なシチュエーションを与えて、その結果を探るのは、まったくの無意味ではない。もしかしたらなんらかの発見があるかもしれない。その発見が大地の幸せに繋がるかもしれない。

でも。

「君は? あれを、続けられるの?」

その質問の意味を、真辺はよく理解できないようだった。なんだかきょとんとした雰囲気で、軽く首を傾げる。

「魔法のことにはまだそんなに詳しくないけれど、安達さんが協力してくれれば続けられるんじゃないかな」

　そうじゃない。

「君だって、あれをみているのはつらかっただろ？」

あの、様々な形で大地と彼の母親が苦しむ場面をみているのは。

「つらいよ。そりゃね。でも、なんにもしないよりはつらくない」

「だとしても、別の方法を探そうって気にはならないの？」

「なるよ。だから、七草に改善点を訊《き》いたんだよ」

真辺の返事は、真面目なくせに的外れに聞こえて、なんだか笑える。

「君が手を加えないと、どうなるかをみてみたいな」

「え？」

「大地と、お母さんの話。君も僕もなんにもしないまま、一〇年くらいたったとき、あのふたりがどうなっているのかを知りたい」

「一〇年も大地が苦しいままなのは嫌だよ」

「魔法で試してみるだけだ。途中でなにかわかるかもしれないでしょ。少しでもふたりが、自然と仲良くなれる出来事をみつけられれば、とても参考になる」

「なるほど」

真辺はわずかに目を細めて、真剣に考え込んでいるようだった。

僕は堀に向かって言う。

「そろそろ行こうか」

ともかく今日の予定は、魔女の世界にいる大地の両親に会うことだ。

堀が小さく頷く。口は開かなかった。まだふたりきりでなければ、喋ることに躊躇いがあるようだった。

真辺は海の向こうの大陸をみつめる。

「どうすればいいの？」

小さな声で、堀が答える。

「魔法を使えば、どんな方法でも」

瞬間移動のようなことだって、もちろん可能なのだろう。でも少しだけ心の準備をしたくて、僕は言った。

「空を飛びたいな。久しぶりに」

綺麗なものをみたかった。それに、四月の昼下がりのよく晴れた空を飛ぶのは心地が良さそうだ。

もう一度、堀が頷いて。

「行きます」

彼女の囁《ささや》くような声が聞こえたとたん、浮遊感を覚えた。

それは落下に似ていた。深い穴に身を投げて落ちていくようだった。実のところ、その感覚はまったく正しかったのかもしれない。僕たちは空に向かって落下しているのかもしれない。

足の下に郵便局の赤い屋根がみえる。真辺がぱたぱたと手足を振った。宙を泳げるか試してみたのだろうか。

三〇メートルほどだろうか、浮かび上がって少し怖いなと感じたとき、右手に温かなものが触れる。堀が僕の手を取っている。

「すぐに、着きます」

彼女が僕に向かって敬語を使ったから、妙に懐《なつ》かしく感じた。

僕たちは海の上を飛ぶ。

寒くはなかった。

4

階段島ではない、魔女の世界。

かつての時任さんの世界。

そこは存在そのものがひとつの感情みたいだった。

景色は美しい。多額の予算をかけて作り込まれた舞台美術みたいに。街並みは、どこか歴史のある異国――イタリアの辺りをイメージしているのだろうか、レンガ造りの趣のある家屋が並んでいる。だいたいが二階建てで、背の高い建物はない。ずっと遠くにみえる、大きな城の他には。川辺には幅が一〇メートルもあるような、石畳の広い遊歩道が続く。ただ歩いているだけで人生に満足してしまいそうな道だ。

なんだかその街並みは、時任さんのイメージからかけ離れていた。郵便局の奥にある畳敷きの一室で、こたつに入ってみかんを食べている方がずっと彼女らしかった。でももしかしたら、彼女には、こういった景色を好む側面もあるのかもしれない。こたつとみかんの方が偽物の、作られた彼女のイメージなのかもしれない。

時任さんの世界の住民は、階段島よりもずっと多いようだった。正確な数はわからないけれど、窮屈でもなく、寂しいわけでもない、ほどよい数の人たちが行きかっている。背の高い、美しい女性がいる。ユーモアを感じる笑みを浮かべた老人がいる。ジャグリングの練習をしている青年がいて、並んで座り込みそれをみているふたりの少女がいる。少女の背格好はよく似ている。双子かもしれない。

この世界は、かつて時任さんが使った魔法によって維持されている。現実から引き取ってきた人間は一割にも満たず、残りは魔法で作られた人々なのだと堀は言う。現実からここに来た人たち――正確には、現実にいる人間の一部分のみが引き抜かれた人格たち――も、ここでの生活に疑問を抱くことはないそうだ。具体的なことはわからないけれど、おそらく魔法によって洗脳されているような状態なのだろう。

だからこの世界は、決して終わらない。別の見方をするなら、すでに終わっている。問題も、疑問もない世界。ただ綺麗で、調和の取れた、うち捨てられた世界。

それは幸福の象徴のようだった。悲劇の象徴のようでもあった。僕の目にはただ寂しくみえた。まるでひとつの感情のようだった。

石畳に降り立った僕たちは、堀に先導されて歩き出す。

となりの真辺が言った。

「ここにいる人たちは、幸せなのかな？」

僕は答える。

「幸せだよ。そう作られているから」

それから、微笑んで続けた。

「まるで君の理想みたいじゃない？　完全に統制された、幸せなだけの世界」

笑ったのは、こんな風に尋ねたとき、真辺がなんと答えるのか想像がつかなかったからだ。僕はずいぶん彼女に詳しいつもりだけれど、でも、わからないことはわからない。

それでも真辺がこの世界に対して肯定的ではないことは、わかっている。

「どうかな」

彼女は言った。

「魔法のことを知ったとき、こういう場所を想像したよ。ひとりの魔女が、幸せというものをぜんぶ決めてしまった場所」

彼女の声は、低く、落ち着いていた。

たいていの真辺の声がそうであるように、感情のようなものは読み取れなかった。

「初めは、こんな場所はつまらないような気がした。でも、きっとここの人たちには関係ないよね。つまらなさだって、魔法で消せるもの。次により大きな幸せを探せないのが問題だと思った。魔女が決めてしまった以上の幸せは、決してみつからないからだめだと思った。でもいつだって、次を、その次をって、求め続けるのも違うのかもしれない。どこかで足を止めるのだって、正しいのかもしれない。じゃあ、自由意志がないことが問題なのかな。自由意志というものが、幸せの前提になるのかな。でもけっきょく、物事を自分で決めたいのは、納得とか満足とかが欲しいだけだよね。そんなものまで魔法で与えてもらえるなら、自分自身もなくていいような気がした」

彼女の長い台詞《せりふ》は、まるで独り言のようだった。

実際、いつかは独り言だったものなのだろう。でも今は違う。明確に、僕と堀に向かって語られている。

これは魔法が抱える、ひとつの命題だ。

つまり、完全に幸福な幻想を与えられることは本物の幸福なのか。

その幸福は魔女によって作られている。受け取る方はなんの決定権も持っていない。

だがそのことにも気づかない。人工的な、綻《ほころ》びのない幸せな夢。

「けっきょく君は、ここを幸せだって呼べるの？」

「私には呼べない。少なくとも、今はまだ」

「どうして？」

「みっつ、疑問があるから」

軽く顎《あご》を引いて、真辺は言った。

「ひとつ目は、もしもここにいる人たちが真実を知ったとき、それでも自分は幸せだと思えるのか。真実を隠したままでしか手に入らないものは、幸せなのか」

「真実を知ることはない。魔女が気まぐれを起こさない限りは」

「ううん。真実っていうのは、勝手に出てくるものだよ」

真辺の言葉がどのくらい正しいのかはわからない。

でも実際に、魔法の嘘《うそ》が暴《あば》かれる例は身近にある。たとえば僕らが向かっている先だ。

魔法の世界で平穏に暮らしていたはずの、大地の両親は、その生活が嘘だと突きつけられる。現実の大地の手助けになる情報を僕たちが求めているから。

「ふたつ目は？」

「これを作った魔女は幸せなのか？」

「魔女」

と僕は反復した。

疑問があったわけではない。ただ時任さんのことを考えていただけだ。でも真辺は丁寧に補足した。

「ここにいる人たちが本当に幸せだったとして、でもそれを作った魔女が幸せではないなら、それは完全ではないよ。誰かの犠牲の上に成り立つなら、その犠牲を取り払わなければいけない」

頷《うなず》いて、僕は先を促す。

「みっつ目は？」

「ここの人たちがどれだけ幸せでも、現実にいる方の自分は無視されている」

それは、魔法が根本的に持つ弱点だ。

魔女の魔法はこの世界でのみ万能で、外にはほんの弱い影響しか及ぼさない。もしも魔法で完全な幸福を作れたとしても、それはこの、小さな世界だけに留まっている。

「私にとって、魔法の問題は初めからそれだよ。ここも現実の一部なのに、はっきりと区別されている」

もちろん真辺は、いつだって望み過ぎている。

でも今回に関しては、彼女の言う通りだ。

魔女の世界にしか効果を及ぼさない魔法は、現実を変えられるのか？　もしも変えられないなら、大地のために僕たちができることはない。ほんの少しでも、なにかが起こると信じているから、僕たちはここにいる。

先頭を歩く堀が、足を止めた。

偽物みたいに美しい街並みの家々のひとつ、レンガの壁の可愛《かわい》らしい家だ。鉢に植えられた花も、赤い郵便受けもみんな可愛らしい。ただひとつ、アプローチの段差に取りつけられた車椅子《くるまいす》用のスロープだけを、妙に現実的に感じた。

ここで、大地の母親が捨てた彼女の愛情と、大地の父親が捨てた彼の諦めが、寄り添って暮らしている。

＊

大地の母親――相原美絵は、美しい女性だった。
昨日、真辺の世界でみた彼女よりずっと若々しい。時任さんがこの大陸の時間を止めてしまって、それで歳《とし》をとっていないのかもしれない。現実側の彼女が、疲れすぎているというのもあるだろう。

彼女はすでに、時任さんから連絡を受けているようだった。

玄関先に現れた相原美絵は、僕と、真辺と、堀の顔を順にみて、それから微笑んだ。手慣れた様子の、自制された微笑みだった。時任さんから聞いた話では、彼女は美術教師だったという。おそらく初対面の生徒の前に立つときにも、同じ種類の笑みを浮かべていたのだろう。

簡単に挨拶を交わし、僕たちはリビングに通される。

それぞれ席について、まず僕が口を開く。

「美絵さんとお呼びしてもかまいませんか？」

「ええ」

「美絵さんは現実のことを、どこまで知っているんですか？」

急《せ》いた質問ではあるけれど、あまり時間をかけたくなかった。少なくとも立場を明確にしてしまいたかった。

美絵さんはわずかに目を細める。

「私に息子が生まれたことは、知っています」

「顔をみたことは？」

「いいえ」

「名前は？」

「大地。もう八歳になったみたい」

「はい。この春から小学三年生です。僕たちは三人とも、大地の友人です。今、彼は、ある問題を抱えています」

「私」

「はい」

僕は彼女の瞳《ひとみ》をみつめる。

「簡単にまとめてしまうと、僕たちは、現実の美絵さんに大地を愛して欲しいんです。できるなら貴女《あなた》から、そのためのヒントをもらいたいんです」

「それは、うん。ありがたい話だけど――」

美絵さんは言葉を途切れさせて考え込む。僕はいつまでだって彼女の言葉を待つつもりだった。でも美絵さんよりも先に、真辺が言った。

「貴女は大地を、自分の子供だと思えますか？」

自分自身が産んだわけではない、あくまで現実側の彼女の子供。

美絵さんはほとんど躊躇わずに頷く。

「もちろん」

真辺は少しだけ安心したようだった。ずっと彼女の声を聞いていなければ気づかない程度の変化だけれど、口調が柔らかになる。

「じゃあ貴女は、私たちの仲間ですね。大地に当たり前の日常を与える、という、同じ目的を持っている」

美絵さんは小さな声で、真辺の言葉を反復する。

「当たり前の日常」

「母親に愛されて育つことです。表現がおかしいですか？」

「いえ」

「よかった。なにかアドバイスをもらえますか？」

美絵さんは眉《まゆ》をきゅっと寄せる。その表情はなんだか、ずいぶん幼くみえた。僕たちとそう変わらない歳の女の子みたいだった。

「ごめんなさい。簡単には思いつかなくて。できるのなら、私を捨てた私と話しをしたいけれど――」

真辺は簡単に頷く。

「じゃあ、そうしましょう」

「できるんですか？」

「できるはずです」

おおよそ、美絵さんの状況がわかった。

彼女は時任さんから、魔女と魔法の話を聞いている。ここにいるのは自分自身に捨てられた自分なのだというところまでは理解している。でも具体的に、魔法でなにができて、なにができないのかまでは知らない。

堀が真辺の言葉を引き継ぐ。彼女は自分で宣言した通り、喋ることに積極的になろうとしているのだろう。

「現実の、美絵さんの状況を知るだけなら、今すぐにでもできます。直接、話しをするのは、難しいかもしれません」

彼女の言葉に嘘はない。ふたりの美絵さんを会わせる権利が、僕たちにはない。

堀や安達に貸し与えられた魔法には、時任さんの意思でみっつの制限がかかっている。ひとつ目が、それだった。今回貸し与えられた魔法は、現実には影響を及ぼせない。美絵さん同士を会わせることもできないし、人格の一部を魔女の世界に引き抜いてくることも許されていない。ふたつ目は、魔法の存在を知らない人の前では魔法を使えないこと。みっつ目は、堀と安達は互いに対して魔法をかけられないことだ。

美絵さんが現実の自分と話しをするには、時任さんの魔法が必要になる。でも、充分な説得の材料がなければ同意を得られないだろう。

途切れがちに堀が続ける。

「注意深く、進める必要があると思います。現実の美絵さんに会うのは。間違えてはいけないから」

だから、時任さんはそれを制限した。勢いで話を進めて、もしも失敗したら、取り返しのつかないことになる。現実の大地がより苦しむかもしれない。

僕はできるだけ丁寧にほほ笑んだ。

「現実の美絵さんに会うには、時任さんの許可が必要です。もしかしたら、直接時任さんとお話ししていただいた方が、スムーズかもしれません」

美絵さんと時任さんには、互いにしかわからない感情があるだろう。いろんな自責と後悔を抱え合っているのだろう。そのナイーブな部分に僕たちが踏み込むのは、やはり難しい。

「わかった。そうしてみる」

と美絵さんは言った。

楽観的に考えるなら、これで僕たちの用事はお終《しま》いだとも言える。あとは時任さんと美絵さんとで話が進んでいくかもしれない。高校生が理性的に口を挟める限界は、この辺りまでなのではないか。

でも僕は、大地の問題に、もう少し踏み込もうと決めている。

「ところで、お願いしたいことがあります」

「なんですか？」

「大地に会ってもらえませんか？　階段島にいる大地です」

捨てられた美絵さんと大地が共に過ごす時間には、意味があるはずだ。現実のふたりの関係を改善するための、なにかしらの手がかりが得られるかもしれない、というだけではなくて。純粋に階段島の大地にとって、幸福な時間になると良い。

美絵さんは、緊張した面持ちで頷く。

「会えるなら、ぜひ」

「よかった。近々、連れてきます」

はい、と答えてから、彼女は付け足す。

「楽しみにしています」

美絵さんと話したかったことは、これでお終いだ。

でも今日の本題は、まだ終わっていない。


真辺はまだもう少し、美絵さんと話をしたいようだった。

堀には彼女の隣に残ってもらうことにした。

僕は適当な理由をつけて、席を立った。家を出たところで、ポケットから、妙に明るい電子音が聞こえた。携帯電話の着信音だった。

ポケットに携帯電話を入れた覚えなんてない。でもそれがあることに、違和感も覚えなかった。

取り出すと一通のメッセージが届いていている。

文面のない、地図の画像だけのメッセージだった。

＊

三島《みしま》という男がいる。

彼は美術系の大学で美絵さんと知り合い、間もなく交際を始めた。同じころ身体《からだ》が疲れやすいと感じはじめたが、病院にはかからなかった。当時からデザインの才能が認められており、いくつかの小さな賞を取って、卒業後は広告代理店に入社した。

美絵さんとは三つ歳が離れており、彼女の卒業を待って入籍する約束だったが、その直前に重い病気があることがわかった。いわゆる血液がんの一種だった。三島さんは闘病生活を送ることになり、結婚の約束は先延ばしにされた。

病は改善と悪化を繰り返しながら彼を苦しめた。小さな希望があっけなく打ち砕かれる日々だった。そして彼は、三〇歳――もうすぐ三一歳になるころに、当時魔女だった時任さんの魔法で「諦め」を奪われ、およそ二か月後に自殺した。

三島さんは可哀想《かわいそう》な人だ。才能もあり、努力もした。確かな結果をつかみつつあった。なのに病により、すべてを台無しにされた。ぎりぎりで保たれていた彼のバランスは、魔法によってあっけなく崩れた。

それでも。三島さんは果たすべきことを、果たせなかったのだ。

美絵さんを救うことができたのは、きっと三島さんだけで、だがそこに手をつけないまま彼は死んだ。彼自身で悲劇を断ち切れず、それが連鎖し、今は大地が苦しんでいる。

――なんてことを責任だなんて、言いたくないんだ。本当は。

ただ、可哀想で。ただ、同情していたかった。優しく柔らかな世界で、無責任に傷ついて、涙を流していたかった。

もしも世界中のどこにも相原大地がいなければ、そうしていたかった。

＊

携帯電話に届いた地図が指し示していたのは、川沿いにあるこぢんまりとした喫茶店だった。

入店すると大きな窓から、清々しい光が射《さ》しこんでいた。なんだって綺麗にみせる光だった。ヴァイオリンとピアノのクラシックが聞こえる。店の片隅に背の低いマガジンラックがあり、その上のシンプルなプレイヤーでレコードが回っている。曲の名前はわからない。口ずさむこともできない。けれど、ほんの幼いころにどこかで聞いたことがあるような気持ちになる曲だった。

店内にいる客は、ひと組だけだ。

ひどく痩《や》せた男と少女が、入口の近くの席で向かい合って座っていた。男の方が、三島さんだ。彼は車椅子に座っていた。ワイシャツに濃紺色のベストという服装で、銀縁の丸い眼鏡をかけていた。

三島さんの向かいに座っているのは、安達だ。

その、真辺由宇とは別の形で劇薬のような少女が、僕に向かって言う。

「遅かったね、七草くん」

「そう？」

美絵さんとの話は手早く切り上げたし、それから寄り道もせずにここに向かったはずだけれど。

「美絵さんと会う必要なんてないでしょ」

「そうかな」

「大事なのはこの人だ」

安達は向かいの三島さんを指さした。

たしかに相原美絵の不幸の中心は、魔女の世界の彼女ではなくて。彼女が捨てた愛情ではなくて、死んでしまったひとりの男性だ。もしも大地の環境を変えられる何者かがいるのなら、それは三島さんだろう。

僕は安達の隣に腰を下ろす。向かいの三島さんに言った。

「初めまして。七草と言います。貴方の子供の、友人です」

三島さんは僕が店に入ったときから変わらず、微笑《ほほえ》んでいた。真冬の晴れた日の空みたいな、なんにもないような笑顔だった。

「ちょうど今、君の話をしていたんだよ」

と三島さんは言う。

「とても怖い少年だと聞いていたけれど、ちっともそうはみえないな。優しそうだ」

その声は、彼の表情に似ていた。言葉まで空っぽに聞こえた。

三島さんに安達とふたりで会うことは、昨夜から決まっていた。元々は、僕ひとりでそうするつもりだったけれど、彼女もいた方が良いのではないかという気がして安達も誘った。

僕は尋ねる。

「安達とは、お知り合いでしたか？」

「いや。ほんの三〇分くらい前に、初めて会ったよ」

「ふたりで、どんな話を？」

「ん？」

「三〇分間ずっと、もうすぐ僕がくると話していたわけではないでしょう？」

「ああ」

　三島さんは小さく頷く。

「私の息子の話を聞いていた。なかなか難しい状況のようだね」

　なら、話が早い。

「大地の母親――現実にいる相原美絵さんと、お話ししてもらえませんか？　貴方なら、彼女の悩みを解決できるんじゃないでしょうか」

　なんて、本心で思っているわけじゃない。

　美絵さんのことも、三島さんのことも、僕にはわからない。ふたりが顔を合わせて話をして、なにが起こるのか想像もつかない。だからこれから、それを理解していかなければならない。

　三島さんは顎を引いて、わずかに目を細めた。その顔つきは思案しているというより、ただレコードプレイヤーから流れるクラシックに耳を傾けているようだった。

「どうかな。上手《うま》くいくイメージはわかないよ。でも、私にもできることはあるかもしれない」

「たとえば？」

「そうだね。美絵ちゃんを殺してしまおうか」

　その言葉にどんな風に答えればいいのか、僕にはわからなかった。あまりに唐突で、上手く驚くこともできなかった。

彼は続ける。

「相原大地くん、という少年が、私の子供だとはまだ思えない。正直なところね。頭では納得できても、実感を持てない。だから私にはその子に対する、感情的な愛情はほとんどない。それでも、理屈で考えれば私は、大地くんを愛するべきなんだろう」

三島さんの状況はあまりに特殊だ。

現実では死んでしまっていて。今、僕の目の前にいるのは、魔女によって引き抜かれた彼の諦《あきら》めで。同じように引き抜かれた恋人の愛情と共に、この停滞した世界で暮らしている。おそらくつい最近まで現実に自身の息子がいることも知らず、どこにも繫《つな》がらないままふたりきりの毎日を送ってきた、死にかけの男。

頭がくらくらしていた。気味の悪い夢の中にいるような気持ちだった。

「殺す、というのは？」

僕自身がその質問を、どんな表情で、どんな声色で口にしたのか、想像がつかない。でもとにかく尋ねた。

彼はあくまで軽やかな笑みのままで答える。

「そのままだよ。美絵ちゃんと話をすることはできるんだろう？　なら、彼女を殺せるかもしれない。ナイフをつきたてられなくてもね。自分から死んでしまうように説得してみようか」

「そうして、どうなるっていうんですか」

「私の息子が、今よりは多少幸せになる。かもしれない」

吐き気がする。

僕は安達に顔を向ける。

「これを提案したのは、君か？」

「違うよ。まったく。私はただ、大地くんの話をしただけだよ」

「大地と美絵さんに距離を置かせたいなら、施設に入るよう説得すればいい。生き死にが関わる必要なんて、どこにもない」

「知らないよ。私に言わないでよ」

もちろん僕は、安達に向かってそう言ったわけじゃない。三島さんに、まともに返事をすると、過剰に感情的になってしまいそうだった。

彼は眼鏡を額まで押し上げて、軽く目元を押す。

「気に入らないなら、違う方法を考えよう」

僕はこの男を嫌わずにいられるだろうか。この男の価値観に、少しでも歩み寄ることができるだろうか。安達を呼んでおいてよかった。彼女であれば僕よりずっと冷静に話を進められるはずだ。

役割分担に準じたというより、ただ無言の時間を煩《わずら》わしく感じただけだろう、安達が口を開く。

「ともかく三島さんも、大地くんをなんとかしたい、ということでいいんだよね？」

「うん。そうだね」

「本当に？」

「なにが疑問なの？」

「だって三島さん、本音じゃ大地くんに興味なんてないでしょ」

「さあ。興味というのがどんなものだったのか、もう忘れてしまったよ」

僕は黙ってふたりの会話を聞いていた。口を挟みたいとも思わなかった。途中で、店員が注文を取りに来て、コーヒーを頼んだ。

安達と三島さんの話は続く。

「私はね、三島さんの家族がどうなろうが知ったことじゃない」

「そう」

「でも貴方には、ちょっと興味があるよ」

「それは意外だ」

「どうしてまだ生きてるの？」

「現実では、死んだらしい」

「今、目の前にいる貴方の話だよ」

「どうしてかな。死ぬ理由が見当たらないからかな」

「生きる理由だってないでしょう？」

「うん。どちらもなければ、とりあえず生きているようだ」

「両方あったら？」

「さあ。想像もつかない」

「つくでしょ。現実で死んだ貴方には、生きる理由と死ぬ理由、両方があったんじゃないのかって話をしてるんだよ」

「どうして？」

「美絵さんがいた。お腹《なか》の中には、大地くんがいた」

「それだって死ぬ理由だったのかもしれない。私にはわからない。その前に、魔法でここに来たんだから」

「貴方はなんにも知らないんだね」

「実は、そうなんだ」

「嘘でしょ。なんにも話したくないだけでしょ」

そこで、僕が注文したコーヒーが届いた。

カップにミルクを入れて口をつけると、安達がこちらに目を向けた。

「で、七草くんはいつまでサボってるの？」

できるなら、いつまででも。全部、安達がまとめてくれると嬉《うれ》しい。

一方で、三島さんに確認したかったことがないわけでもない。少なくとも安達のおかげで、頭は冷えていた。僕は尋ねる。

「ビール、好きなんですか？」

その質問は、安達にも、三島さんにも意外だったようだ。

三島さんの表情がわずかに崩れる。なんとなく不機嫌そうに。

「それなりにはね。どうして？」

「気になったんですよ。亡《な》くなる直前には、よく飲んでいたんですか？」

「いや。使っていた薬が、アルコールとの相性がよくなかったから――」

「飲みたかった？」

「そうだね。禁じられると」

「こんな話を、美絵さんとしたことは？」

「どうかな。これはなんの話なんだろう？」

「大地の話ですよ」

いま交わすべき言葉なんて、他にはない。

ずいぶん考えたんだ。大地のことを。彼との会話の意味を。

あの子に出会ったばかりのころ、僕は大地から両親の話を聞いた。大地は父親――三島さんの死を隠していた。それでもどうにか、聞き出せたことがある。

「大地は貴方が、ビールが好きだと言っていました」

「そう。それが?」

「きっと、美絵さんがそれを伝えたはずです。少なくとも大地の前で、それがわかることをした」

「なにがいいたいの?」

「事実をお伝えしただけです。その先は、僕が考えることじゃありません」

言うまでもないだろう? 大地がそのことを知った場面を想像すれば。どんな仮定でもいい、あり得る可能性をひとつでも思い浮かべれば、そこには必ず、感情的なものがあるはずだ。

「僕が三島さんにお願いしたいことは、ひとつだけです。貴方の本心はどうでもいい。大地の父親を演じてください。上手く、いつまでも。できますよね?」

「さあ。演技の経験はないから」

「だとしても貴方には、諦めずに努力することができる」

「どうして?」

「やらない理由がないから」

生きる理由がなくても、死ぬ理由もないように。

この男が本当に空っぽなら、なんだってできるはずだ。

＊

喫茶店を出て、堀と真辺に合流するまでの道すがら、安達が短い小言を口にした。

「これくらいのことなら、堀さんでよかったんじゃないの？」

僕は大地を、美絵さんと三島さんに会わせるつもりだ。

でもそれには不安がつきまとう。大地を誰よりも深く癒《いや》せるのも、傷つけられるのも、あのふたりだろうから。そこで魔法が必要になる。真辺が現実の大地と美絵さんをシミュレーションしたように、階段島の大地とあのふたりが顔を合わせた未来を、魔法を使って調べたい。

たしかにそれだけであれば、堀にもできる。時任さんから借りている魔法で実現可能な範疇《はんちゅう》だ。でも。

「もしかしたら大地が、とても傷つくことになるかもしれない」

「とりあえずは、魔法で作った架空の大地くんだけどね」

「なんであれ、大地が傷つくなら堀にはみせたくない」

「それは過保護だよ」

「どれだけ頑張っても、堀を保護しきれるはずがないんだ。守れる範囲では守りたい」

「私は？」

「ん？」

「もしかして、なにがあっても傷つかないと思ってる？」

なんだか意外な質問で、思わず笑う。

「そんなことはないよ。でも、堀ほどはナイーブじゃないでしょ」

本当は、わからない。堀と同じくらい、安達だって傷つきやすいのかもしれない。単純に僕にとって、安達よりも堀が大切だ。

彼女はため息をついた。

「ま、いいよ。ざっと調べておく」

「うん。ありがとう」

最終的には敵対するとしても、とりあえず今のところ、僕たちは同じ目的を共有している。そして味方として考えたとき、安達には大きな信頼を置ける。

友情ではなくて、愛情ではなくて。

僕はきっと、この少女を理解できる。

5

三月荘に戻って、夕食のあと、僕は佐々岡《ささおか》の部屋にいた。僕たちは有名なレースゲームで遊んでいて、大地も風呂《ふろ》上りに合流する予定だった。

コントローラーを握ったまま、佐々岡が言う。

「なにしてんの？　最近」

「なにって？」

「忙しそうじゃん。新聞部の話も進まないし」

新聞部なんて、存在も忘れていた。

「作りたいの？　新聞」

「作りたい」

「へえ。どうして？」

「そういうのがあってもいいだろ」

「そういうの」

「つまり、なんていうのかな。文化っていうか――」

佐々岡は短い時間、言葉を止める。ゲームを盛り上げるミュージックとモーターの音だけが聞こえる。

　急なカーブを抜けて、彼は言った。

「オレたちって、子供みたいじゃん」

「みたいというか、子供でしょ。未成年だし」

「そういう話じゃねえよ。つまり、この島にいるのがさ。もらってばっかじゃん」

　階段島での生活は、とくになんにも生み出さない。必要なものは外から通販で取り寄せる。僕たちは守られている。まだなんの責任も持たない子供みたいに。

「だからさ、ただ買ったゲームで遊ぶんじゃなくて、なんていうか。クリエイティブってほどじゃないけど、なんか作ってもいいだろ」

「なるほど」

「って言っても、作るのはけっきょく壁新聞なんだけどな。子供みたいなのはかわんないよな」

　モニターの中のレースでは、佐々岡が一位を独走している。僕は苛烈《かれつ》な二位争いを繰り広げながら、ちらちらと彼のプレイを盗み見ていた。なんの無駄もない、最適解のデモンストレーションみたいな、美しくさええみえるプレイだった。でもきっと、彼がどれほど速くコースを駆け抜けても、この世界はとくに変わらない。彼のセーブデータのコースレコードが書き換えられるくらいだ。

だとしても。

「別に、サイズが違うだけでしょ」

「うん？」

「島の外でどんなすごいものを生み出しても、まあだいたい地球だけの問題でしょ」

「地球はでかいだろ」

「だから、サイズの問題だよ。何十億かの誰かのためでも、国ひとつが相手でも、もっと――」

大きなカーブに差し掛かり、僕は口をつぐむ。曲がるときについ身体が傾いて恥ずかしい。やや大回り気味にカーブを抜けたときには、僕は四位まで順位を下げていた。

次のストレートで、続ける。

「もっと小さくても。この島の中でも、学校だけでも、たったひとりのためになにかするのだって、違うのはサイズだけでしょ」

「そのサイズが大事なんじゃないのか？」

「どうして？」

「貢献度っていうか、生産性っていうか」

「そんなの、誰に判断できるんだよ」

「なんの判断だよ？」

「大地は君がゲームをプレイしているのをみるのが好きだよ」

佐々岡は、たいていのゲームが上手いから。上手なプレイをみているのは楽しい。とくに大地は、自分自身がコントローラーを握るより、そちらの方を好むようだ。

「ほんの一瞬でも大地を笑顔にできるなら、君はなにかに貢献しているし、なにかを生産してるんだ。それの価値を、誰に判断できるっていうんだ」

たったひとりの笑顔に価値がないなら、相手が何人になろうが無価値だ。ほんのささやかな喜びに意味がないなら、この世界のあらゆるものは無意味だ。ゼロになにをかけてもゼロだなんてこと、小学生でも知っている。

「でもさ、大勢をまとめて幸せにしようってのが、社会じゃないのか？」

「かもね」

「オレ、卒業したらなにしてるんだろうな」

一週間後には僕たちは、高校二年生になる。もう二年で学校も卒業だ。階段島に大学はないから、まあたぶんなにかしらの形で働くのだろう。

基本的には、階段島での労働は、なにをしても上手くいく。つまりとりあえず平和に生きていけるくらいの収入は得られる。そんな風に、僕と堀とで調整した。その意味では階段島は、スケールが少し大きなおままごとみたいなものだ。

だから佐々岡が言う通り、ここでの生活は、いつまで経《た》っても子供じみている。より強いなにかに庇護《ひご》された、責任を負わない子供に似ている。

——僕はそれで、大満足だけどね。

いつまでも子供の日常の中で、たまに大地だったり、別の誰かだったりが、少しだけ笑顔になることを続けられれば楽園みたいだ。遥《はる》か未来の理想の社会みたいだ。

でもここは、皆が認める楽園ではないのだろう。佐々岡の言う通り、より大勢の笑顔を作りたい人だって、当たり前にいるだろう。つまり、社会というものに深くかかわっていきたい人だって。

「新聞。作ろうか」

それがたとえ、幼い子供のごっこ遊びだとしても。偽物《にせもの》みたいなこの島だけの、ほんの小さな主張だとしても。安達との小競《こぜ》り合《あ》いじゃない、もっと純粋なもの。

「オレは、進路希望調査みたいなのがいいと思うんだよ」

小さな声でそう言った佐々岡は、モニターの中では、誰にも追いつけない速度でゴールを駆け抜けていった。

大地が部屋に顔を出したのは、次のレースの途中だった。

僕たちは交代しながら一時間ほどゲームで遊んだ。そのあいだに、安達からのメールが届いた。佐々岡の前で携帯電話を取り出すわけにもいかなくて、僕はトイレに立ってそれを開いた。「問題ない」とだけ、そこには書かれていた。

　大地が眠る時間になって、僕は彼と共に佐々岡の部屋を出た。

　廊下で僕は、大地に言う。

「お母さんに会いたい？」

　大地は難しい表情で僕をみつめる。

「わからない」

　わからない、と僕は胸の中で反復する。

　なんだか悲しくなる音の並びだ。

「明日、僕と出かけない？」

「どこにいくの？」

「遠く」

　僕は大地に、なにも説明しなかった。それは不誠実なことだ。本当はもっと、努力が必要だ。なのにどうしても言葉をみつけられなかった。

「わかった」

　と、妙に真剣な表情で、大地は頷いた。

＊

就寝の前に、僕は堀への手紙を書いた。

ずっとあの子のことだけを考えていようと思ったけれど、けっきょく、半分くらいは真辺のことを考えていた。

どれだけ文章を直しても、上手く書けた気がしなかった。

ある言葉は過剰で、別の言葉は本心そのままでも嘘みたいだった。推敲《すいこう》を重ねるほど、文章が僕の言葉からかけ離れていくようだった。

疲れて、眠くて、目をこすって。

どうにか最後の一文にたどり着いて、僕はベッドに入る。

目を閉じると、そこに、星空が浮かんだ。


あの日の夢だ。

幼い日に見上げた、圧倒されるような群青色《ぐんじょういろ》の夢。

でも、なにもかもがまったく僕の記憶通り、というわけではない。幼い僕は父さんと一緒にその空を見上げて、いくつかの星の話を聞いた。でも夢の中に、父さんは現れなかった。僕は一六歳で、隣には幼い僕が立っていた。

幼い僕は口を開けて、目を見開いてその夜空をみつめていた。

一六歳の僕は夜空を指さす。

「あれが、ピストルスターだよ」

ピストルスター。とても大きな星。質量は太陽の一〇〇倍を超える。半径は三〇〇倍ほどで、明るさに至っては、正確にはわからない。太陽の一〇〇万倍も、二〇〇万倍も明るい。発見された時点では、宇宙でもっとも明るい星とされていた。

でもその巨大な星の存在を人類が知ったのは、一九九〇年になって、ハッブル宇宙望遠鏡が打ち上げられてからのことだ。地球からはあまりに遠く、広い宇宙にも障害となるものがあって、ピストルスターの光はほとんど僕たちに届かない。

僕はこれまでに何度も夜空を見上げてきたけれど、ピストルスターをみつけることはできなかった。

なのに夢の中の僕は、はっきりピストルスターの在《あ》り処《か》を知っていた。

まっすぐにその星を指さすことができた。

一六歳の僕はピストルスターの説明をする。幼い僕に、知っているすべてを伝えようとする。幼い僕は息を呑《の》んでその話を聞いている。丸い瞳がまっすぐに、夜空の一点をみつめている。瞬《まばた》きさえ忘れて。

「あの星が、大好きなんだよ」

と僕は言った。

「うん。でも――」

幼い僕は答えた。

彼はその瞳を、一六歳の僕に向ける。

「でもその星ひとつだけが、この群青色を作ってるわけじゃないだろ」

そう言ったのは、たしかに僕の声だった。聞き間違えはしない。

けれどその声は、幼い僕のものではなかった。一六歳の僕の声でさえない。いつか、どこかの僕。今よりも未来の僕なのか、過去の僕なのかは判別がつかない。もしかしたらもう消えてしまった、どこにもいない僕の声なのかもしれない。

刺すように、いつかの僕の声が言う。

「満天に群れた星の輝きが、あの群青色を作っていたんだろ？　なのに、どうして、たったひとつの星の話ばかりするんだよ」

群青。群れた青。

幼い僕の姿はもうどこにもなかった。

夜空の星々も、群青色ごと消え去っていた。

まっ黒な空の片隅に、たったひとつ、ぽつんと弱々しい光が残されているだけだった。

僕は口をつぐんでその星をみつめる。なんだか悲しくて、涙が流れたならどれほど気持ちが楽になるだろうと想像する。でも、泣けはしないのだ。

涙の代わりに僕はつぶやく。

「あの群青色は、もういない。みんなはぐれていったんだ」

僕がなにを言おうが、返事はない。

あとはただ、目が覚めるのを待っている。そんな夢だった。

二話、優しい魔女の魔法のすべて

1

四月四日のよく晴れた日曜日に、大地《だいち》を連れて寮を出た。

昼下がりの、気持ちの良い風が吹く道を、僕たちは港を目指して歩いた。春の青空の下を大地と話しながら歩くのは、素敵な時間だった。

会話の内容なんて、なんでもいい。僕がなにかを言って、大地がなにかを答える。大地がなにかを言って、僕がなにかを答える。その繰り返しが心地いい。あの雲はなんの形にみえるだろう？　とか。最近勉強したことは？　とか。思いつくままに、僕たちは話をした。

「算数がむつかしい」

と大地は言った。

少し意外だ。大地は地頭が良いし、中でもとくに算数は得意だという印象だったから。

「どう難しいの？」

「数字が。1がふたつで2になるのが難しい」

「理由がわからない？」

「うん」

「でも、理由を知らなくても、足し算も掛け算もできる」

「できるけど、わからない」

「なるほど。僕もわからない」

携帯電話がどうして動いているのかも知らないし、車のエンジンの構造さえあやふやだ。もちろん人の感情の成り立ちみたいなものもわからない。この世界はわからないものに満ちていて、すべてを知ろうとするのは尊いことだけど、実際にすべてを知るには時間が足りない。

「1たす1が2になる証明には、大学生くらいの専門的な知識が必要みたいだよ」

「そうなの？」

「うん。だからたしかに難しい。きっと1たす1の答えを2だと呼び始めた人だって、そんな証明、知らなかったんだよ」

数学の歴史は、何万年か昔まで遡《さかのぼ》れるはずだ。具体的な年数はわからないけれど、でも石や骨に傷をつけて数をかぞえていた時代だ。当時の人々に、大学レベルの数学の知識があったとは思えない。

「リンゴがどうして、リンゴという名前なのか知ってる？」

そう尋ねると、大地はしばらく考え込んで、首を振った。

「しらない」

普通、小学生はリンゴという言葉の成り立ちを知らない。でもその言葉自体は知っている。

「リンゴはふたつの漢字に別れる。『林』と『檎』だ。リンの方は林という意味で、ゴの傍《つくり》は鳥を表す字が元になっている。林に生《な》っているリンゴの実を鳥が食べていたから、そんな名前になったんだろうね」

「そうなんだ」

「じゃあ、どうして林は林と呼ばれるんだろう？　どんな成り立ちで鳥を表す字が生まれたんだろう？　これは、僕も知らない」

「理由があるの？」

「たぶんね。でも、今となっては由来を辿《たど》り切れない言葉もある。そもそも、ほとんど由来なんてものは存在しない言葉だってあるはずだ。それでも僕たちは話し合える」

たとえば人類の最初の言葉が、なにかひとつの単純な叫び声だったとして。ただの想像だけど、それは強い獣が現れたときに、仲間たちに危機を伝える音だったとして。

その音に由来なんてなかったはずだ。人間の身体《からだ》の構造から自然と出る音でしかなかったはずだ。それでも隣にいた誰かに、意味が伝わった。とても便利な道具だった。だから声が言葉になった。

「1たす1が2になるのも同じだよ。誰かが、ふたつの1を合わせたものを2と呼び始めたんだ。まず大切なのは、2と名づけられたものを、僕たちは共有できるってことだ。僕は1たす1を2と呼んでいて、君も1たす1を2と呼んでいる」

大地はなにか苦いものを食べたように、顔をしかめていた。

小さな声で彼は言う。

「むつかしい」

僕はうなずく。

本当は、とても簡単なことなのに、僕には難しくしか表現できない。きっと知性が足りないのだろう。

「つまり君は、とっても正しいって話なんだ。正しい順序で成長しているんだ」

大地はそのくりんとした目で僕をみた。

綺麗《きれい》な瞳《ひとみ》だった。こちらの感情をそのまま映す鏡のような瞳だった。いつまでも彼がそのままの目でいてくれれば嬉《うれ》しい。でもどれだけ変わっても、僕は彼の瞳を愛せるだろうとも思う。

「ずっと昔、とにかく誰かが、1たす1の答えを2と呼んだ。大勢がそれを共有した。それから長い時間が経《た》って、いろんな人が頭を捻《ひね》って、賢くなって、やがて、どうして1たす1が2になるのかを考え始めた。計算はできるけれど、理屈はわからない。そこを通って進んでいくのはとても正しい。その疑問を持ったまま進めばいい」

彼の瞳が、まるで鏡みたいなのと同じように、大地との会話もまた僕自身を映しているようだった。ちょうど昨夜、似たようなことを考えていたのだ。

半分は冗談で、僕は言ってみる。

「愛だって同じだ」

伝わるはずのない飛躍だ。僕の冗談はわかりにくい。

でも、なにを受け取ったのだろう？　大地は笑った。声を出さずに、にたりとほほ笑んだ。まるで共犯者に向けるような笑みだった。

やがて海辺の街に到着する。僕は郵便局の前のポストに手紙を投函《とうかん》して、それから港に目を向ける。

港では一隻《せき》の、小さな船が大地を待っている。

移動に船を選んだ理由はシンプルだ。

大地の目からみて、母親との再会が、そして父親との初めての面会が、非現実的なものになって欲しくなかったからだ。

どう過程を工夫したところで、これから彼が体験するのは、本来起こり得ないことだ。魔女の世界にいる美絵《みえ》さんは、大地の記憶にある彼女に比べて若すぎるし、言動も感情の成り立ちも別物だ。三島《みしま》さんは、現実ではすでに亡《な》くなっている。そのことは大地も知っている。それでも。どれだけ偽物《にせもの》でも、大地があのふたりの子供だというのはたしかな事実だ。その事実を、できるだけ傷つけたくなかった。

短い船旅に、大地は静かに感動しているようだった。彼はじっと海の向こうをみつめていた。

「どこにいくの？」

と彼は言った。

「遠くだよ」

と僕は答えた。

「今日のうちに帰れる？」

「夕方には帰るつもりだよ。それほど時間はかからない」

「遠くなのに？」

「距離や時間の話じゃないんだ」

実際に、階段島とその向こうにみえる大陸とを隔てる海がどれほど広いのか僕は知らない。堀さえ知らないのかもしれない。実際の距離は関係ない。

それは魔女の許可がなければ、決して渡ることのできない海だ。魔女の許可さえあれば、簡単にわたり切れる距離だ。

だからあの大陸を、遠くと表現することもできる。近くと表現することもできる。

でも、大地にとって、そこは間違いなく遠いはずだ。

彼の母親と父親がいる。

多くの子供たちにとってホームであるはずの場所が、きっとこの子には果てしなく遠い。

＊

大地を両親に会わせることを、真辺《まなべ》には昨日のうちに伝えていた。

もちろん真辺がそれに反対するはずがなかった。ただ、彼女は言った。

「私も行っていい？」

僕は頷《うなず》く。

「誘おうと思ってたよ」

彼女が同行するのは、少し怖い。真辺は物事を過剰にする。問題をより大きな問題にする。でも僕にはできないことが、真辺にはできる。

彼女は笑ったけれど、その表情とは正反対のことを言う。

「悲しいね」

「なにが？」

「楽しみだから。遊園地に行くみたい」

「いいじゃない。楽しみなら」

「本当はこんなことが、楽しみであっちゃいけないよ」

真辺が言いたいことは、わかっていた。わかっていても今は首を振りたかった。

彼女は続ける。

「小さな子供がお母さんとお父さんに会えることが、特別な出来事みたいじゃいけないんだよ。もっと当たり前に、毛布みたいに、身近にないといけない」

ああ、まったくその通りなのだろう。でも。

「ないものは、仕方ないでしょ」

夜ごとに震えていたとして、ある夜だけ、毛布に包まれて眠れたなら、それは幸せなことだ。昨日よりも一歩幸せなら、それを喜びとして受け入れればいい。

「君の考え方が、おかしいとは思わない。でも喜ぶことへの感度を、無理やりに鈍くする必要はない」

真辺は頷いた。

「うん。それも、わかる」

「だからせめて、大地にとって楽しい一日にしよう」

まるで遊園地みたいに。誰かの幸せのために、必死に頭を捻って作られた優しい世界のように。その場所がもしフィクションでも、本物の彼の喜びを作ればいい。

2

船を降りると、真辺が待っていた。

彼女は今日もまた、美絵さんと話をしていたそうだ。真辺がこちら側——魔女の世界の美絵さんをどう扱おうとしているのか、僕にはまだよくわからない。

僕たちは大地を連れて、昨日と同じ道を歩いた。ただ綺麗なだけの、時任《ときとう》さんがひとりで作った景色を眺めて、アプローチの段差に車椅子《くるまいす》用のスロープが取りつけられた家のチャイムを押した。

ドアが開いて、現れたのが美絵さんだと気づいたときの大地の表情を、僕はきっといつまでも忘れない。

彼はしばらく——だいたい一〇秒くらい、まっすぐに美絵さんをみつめていた。丸っこい鼻の先っぽがしっかり彼女を向いていた。くりんとした目はいつもよりもさらに大きくみえた。口はわずかに開いて、上の前歯がちらりと覗《のぞ》いていた。大地が驚いたのは間違いない。でもそれがポジティブな驚きなのか、そうでないのかは判断できなかった。僕には感情の種類の判別がつかなかったし、それは大地本人にとっても同じだったのかもしれない。きっと矛盾するような様々な強い感情が、大地の柔らかな頬を強張《こわば》らせていた。

僕は軽く、大地の肩に手を添える。そうしていないと、彼が逃げ出してしまいそうだったから。

美絵さんは言った。

「私が、だれだかわかる？」

好きな質問ではなかった。子供を試しているようで。

ずいぶん長い時間をかけて、大地は応《こた》える。

「だれ？」

美絵さんは微笑《ほほえ》む。

それは昨日、僕たちが初めて顔を合わせたときに彼女が浮かべたものと同じ笑顔にみえた。綺麗だけど自然ではない、公的な笑い方だった。僕はどうしても大地の側にたって彼女の表情をみつめてしまう。でも大地に対して、そんな種類の表情しかできない彼女にだって、もちろん苦しみはあるのだろう。

けっきょくのところ、美絵さんはその笑みと同じように、公的なニュアンスで大地に言った。

「私は相原《あいはら》美絵。でも、貴方《あなた》が知っている私ではない。元々は同じだったけれど、今はもうずいぶん違うのでしょう。貴方にとっての私がだれなのかは、貴方が決めてくれればいい。今日じゃなくても、そのうちに」

口を挟むべきなのか、僕は迷っていた。

そしてもちろん、隣に立つ真辺は迷わなかった。

「それを大地に委《ゆだ》ねるのは、卑怯《ひきょう》です」

彼女の声はいつだって冷たく聞こえる。まるで無感情な金属みたいだ。その硬さが美絵さんを包むカバーを切り裂けば良い。内側に詰まった感情的なものを暴《あば》き立てて欲しかった。僕には怖くてできないけれど、でも今は、そちらに一歩踏み出すべきなのだろう。

美絵さんはしばらく顔をしかめていた。

やがてゆっくりと、大地の前にしゃがみ込んだ。

「私は貴方の、母親なのだと思っている。でも、そう名乗る勇気はないの。だから貴方が感じた通りでいい」

大地は頷く。

それで真辺も、とりあえず引き下がったようだった。

美絵さんは安心した様子で息を吐き出す。

「ありがとう。さあ、入って」

僕たちは昨日と同じリビングに通される。テーブルの奥に、車椅子に座った三島さんがいた。大地は部屋の入口で足を止めて、彼の姿をみつめていた。おそらく大地は彼の写真をみたことがあるのだろう。でも美絵さんと顔を合わせたときほどは、衝撃を受けていないように感じた。

「おいで。そこの席に」

三島さんが向かいの椅子を指す。

大地はテーブルに近づいて椅子を引く。

「君には少し、大きすぎるかな?」

「大丈夫」

大地は飛び乗るように、椅子に座った。美絵さんが大地に尋ねる。

「なにか飲み物を用意しましょう。なにがいい?」

「なんでも」

「そう。オレンジジュースとリンゴジュースだと、どっち?」

「じゃあ、オレンジ」

美絵さんはほほ笑んで、部屋の奥のドアに向かう。

僕と真辺は、部屋の壁際《かべぎわ》にあるソファーに腰を下ろす。テーブルの大地と三島さんをみつめていた。

魔法の世界でしか対面できない親子が、ゆっくりとしたリズムで会話をする。

「初めまして。私は、三島と言います」

「相原、大地です。はじめまして」

「いくつ？」

「八歳です」

「ずいぶんしっかりしているね。大人みたいだ」

「そう」

「うん。学校は楽しい？」

「最近は、行ってない」

「どうして？」

「近くに、ないから」

「なるほど。あれば、行きたい？」

大地はしばらく考え込んでいた。三島さんの質問から、色々なことを連想したのだろうと思う。階段島と現実を比べて、迷うこともあるだろう。

彼はやがて、軽く首を傾《かし》げて答えた。

「あれば、行くよ。でも、なくてもいい」

「どうして？」

「勉強は、みんなが教えてくれるから」

「学校は勉強だけをするところじゃない。もしかしたら勉強なんて、おまけのようなものかもしれない。人間関係だとか、集団行動だとか、不条理な押しつけを呑《の》み込まざるを得ない苛立《いらだ》ちだとか。そういうものを体験して大人になる準備をする場所だ」

「むつかしい」

「たしかに。言葉にすると、難しい。でも学校では、自然とそういうものを学ぶ。答えのない疑問が、そこかしこにいくらでもあることを」

「それがわかったら、大人になれるの？」

「さあ。君は、大人になりたいの？」

「なりたい。早く」

「じゃあ、大人とはなんだろう？」

「わからない。むつかしい」

「どうして大人になりたいの？」

大地は長いあいだ沈黙していた。その小さな、でも彼の身体の中ではずいぶん大きな頭の中で、必死に答えを探していたのだと思う。そのあいだに美絵さんが戻ってきた。彼女はオレンジジュースが注がれたグラスを五つと、クッキーの皿をトレイに載せていた。


やがて、大地が答える。

「ひとりでも、大丈夫になりたいから」

三島さんは微笑んで頷く。

「自立したい、ということだね」

大地の語彙《ごい》に、「自立」という言葉はもうあるだろうか。彼は肯定も否定もせずに三島さんをみつめていた。

美絵さんがオレンジジュースのグラスをテーブルに並べる。

三島さんは続けた。

「君はどうして、ひとりでも大丈夫になりたいんだろう?」

大地はまだ口を開かなかった。

充分な沈黙を置いてから、三島さんは静かに先を話す。

「どうして。どうして。どうして。そんな風に考えていくとね、人の目的なんてたったひとつしかないんだよ。自分が幸せになりたい。これだけだ。他の答えが嘘《うそ》ってわけじゃないけれど、まだ途中だ。心の底から純真に世界平和を願っていたとしても、その先には自分の幸せがあるものだよ。わかるかな？　私は別に、人間とは利己的なものだと言っているわけじゃない。博愛主義者でも、現実主義者でも、理屈ばかりを信奉しているような人だって、根っこまで掘り進めれば感情で作られた個人的な価値観がある。その価値観は、自分にとってなにが幸せなのかということで作られている」

　彼の言葉は曲のようだった。昨日、三島さんに会った喫茶店で流れていた、郷愁を覚える歌詞のない曲に似ていた。

　その言葉はところどころ、大地には難しすぎる単語が使われていた。内容だって小学二年生――この春から三年生になる少年がすっきりと理解できるものではなかっただろう。それでも大地は真剣な顔で三島さんの話を聞いていた。彼はもうなにも答えようとはしなかった。ただ水と養分を吸い上げる根のように、三島さんからなにかを受け取ろうとしていた。

　三島さんは続ける。

「君は、大人になりたいと言ったね？　でもそれは、本当の目的じゃない。君が幸せになるための手段でしかない。だからそこに囚《とら》われなくていいんだよ」

　グラスとクッキーの皿を並べた美絵さんは、テーブルには着かなかった。トレイを手にしたまま、僕と真辺が座っているソファーとは反対側の壁際に立って、大地と三島さんの様子を見守っていた。

三島さんはくすりと笑う。

「自立しているのが大人の条件だというのなら、私はちっとも大人じゃない。車椅子から立ち上がるのも大変なんだ。ひとりじゃほとんどなんにもできない。それでも世間の人たちは、私を大人だと言うだろうね。子供だとは言わないだろう。反対に君がひとりっきりで暮らしていても、なんらかの形で社会に貢献して収入を得ていても、やっぱり子供は子供なんだよ。だから、大人なんて答えがないような、乱暴な言葉は忘れて、他に君が幸せになるための方法を探そう」

さあ、君の幸せとはなんだろう？　そう言って三島さんは首を傾げる。

僕の目には、大地がその質問を予見していたようにみえた。

ところどころ言葉の意味がわからなかったとしても、大地は三島さんの話の本質をほとんど完璧《かんぺき》に理解していて、ともすれば先回りして質問の答えに行き当たっていたような。

その感覚が錯覚だったとしても、大地は迷いもせず、慌《あわ》てもせずに答える。

「僕は、お父さんになりたい」

今度は、三島さんの方が黙り込んだ。

大地が続きを話す。

「お母さんが、近くにいて欲しい人になりたい。それはたぶんお父さんだから、お父さんになりたい」

僕は真辺の横顔を確認した。彼女は強く口をつぐんで、鋭利な視線で大地をみつめていた。刺すような目だった。

三島さんが尋ねる。

「それが、君の幸せなの？」

「うん」

「つまり、お母さんを喜ばせたいということかな？」

「どうだろう」

大地は子供らしい動作で、可愛《かわい》らしく首を傾げてみせる。

「そうだけど、違うかもしれない。なんだろう、僕が嬉しい」

「お母さんにとって、近くにいて欲しい人になれれば、君が嬉しい」

「うん」

「なるほど」

三島さんは嬉しそうな笑みを浮かべて、頷いた。その表情は嘘ではなかっただろうと思う。でも僕には彼の内心を上手《うま》く想像できなかった。彼の立場では、大地の言葉は相当に重たいはずだ。

なのに明るい笑みのまま、三島さんは言う。

「じゃあ今度は、反対に考えてみようか。君にとって不幸とはなにか。いったいなにが起これば、君は悲しいのか。わかるかい？」

「わかる」

「そう。なに？」

「お母さんが泣いたら、悲しい」

「君はお母さんのことばかりだね」

当たり前だ。そんなの。大地の境遇を考えれば。

彼の思考の前提にはいつだって母親がいる。視界の中心に彼女がいる。愛情を与えられないまま、でも母親のすぐ近くで育った彼は、そうならざるを得なかった。

「本当のことを、教えてあげよう」

これまでよりもずっと楽しそうに、三島さんは続ける。

「君は幸せなんだよ。これまでも、これからも。本当は幸せなんて、いくらでもある。不幸なんて、どこにもない。人は誰だって幸せなんだ。ただ不幸だって錯覚してしまうだけなんだ」

彼の言葉の意味を理解して、僕は唇を噛《か》む。

――なんてことを、言うんだ。

なんて、絶望的なことを。

僕は三島さんの言葉を遮るべきだった。でもそうはできなかった。大地が三島さんの子供だということだとか。僕がまだ高校生だということだとか。彼の微笑みだとか、春の陽射《ひざ》しの穏やかさだとか、温かな部屋やオレンジジュースだとか。様々な要因が、一瞬、僕から言葉を奪った。僕はまだ子供だった。

そのあいだに三島さんは言った。

「お母さんのことを忘れてごらん。それだけで君の人生は、驚くほど豊かになる。なにも難しいことじゃない。大人である必要も、賢くある必要もない。目を閉じるだけで、人は幸せになれるんだよ」

その言葉を、僕は知っていた。

僕自身も同じように考えたことがあった。今でもまだ、彼の言葉は真実の一面なのだろうと思っている。希望のような絶望。絶望にみえる希望。毒と同じ薬。薬になり得る毒。すべてを諦《あきら》めてしまえば、不幸なんてどこにもない。悲観が至る楽観。

――でも、違うだろ。

それがどれだけ、反論の難しい言葉だったとしても。小学生に語るべきものではないだろ。

「それは、違います」

　真辺が口を開く。僕は制止しない。

「そんなものを、幸せと呼んではいけません。なんのためにこれまで大地が悩んできて、なんのために苦しかったり、悲しかったりしたと思っているんですか。つらいことから目をそらして、どこにたどり着けるっていうんですか」

　三島さんは柔和な笑みのまま首を傾げる。

「どこかにたどり着こうとすることが、不幸なんだよ。今を、ここを、幸せだと感じればいい」

「いいえ。嘘です」

「どうして？」

「貴方は死んだから」

「うん。現実の私は死んだ。きっと幸せだったのだと思うよ。希望に満ちた心で、私の価値観に殉じて死んだのだろう。君は私の幸せを否定するのか？」

「はい」

　躊躇《ためら》いなく真辺は頷く。

「貴方が死んだことが、正しかったはずがないから。貴方の言葉は嘘です」

　三島さんはもう反論しなかった。軽く頷いただけだった。

　きっと彼は、真辺に同意したわけではないだろう。またひとつ、なにかを諦めて、これ以上話を進めることを避けただけなのだろう。

僕は大地の顔をみつめていた。ソファーからだと、テーブルに着いた彼の横顔しかみえなかった。その横顔からは感情を読み取れなかった。

彼は口をつぐんで、じっと考え込んでいるだけだった。

＊

長話で疲れてしまったのだろう、三島さんが退室した。

美絵さんはたどたどしく、でも優しい口調で大地に語りかけていた。僕は真辺を誘って家を出た。きっと大地と美絵さんには、僕たちが傍にいるとできない会話があるだろう。

真辺と並んで、川沿いの広い歩道を歩く。異国の街角の綺麗な一面だけを再現したテーマパークみたいな、穏やかで優しい散歩道だ。人通りは、窮屈ではない程度に多く、寂しくは感じない程度に少ない。おそらく魔法によってちょうどよい人数に調整されている。僕たちはワゴン販売のクレープ屋の前で足を止める。真辺がイチゴのクレープを、僕がチョコバナナのクレープを注文する。店員は完璧に調和の取れた笑顔でそれに応じる。僕たちは商品を受け取って、また歩き出す。

イチゴのクレープにかみついて、真辺は言った。

「きみは、なにをするつもりなの？」

「なにって？」

「大地を、美絵さんと三島さんに会わせて」

「別に。自然なことだろ」

子供を両親に会わせるのは。

三島さんは大地にとって、劇薬にもなるだろう。安達《あだち》のメールには「問題ない」と書かれていたけれど、今日の会話を聞いている限りでは疑わしい。彼女はなにを指して問題ないと書いたのだろう？　三島さんの言葉が、安達の価値観に沿っていたからか。それとも真辺が反論することを知っていたからか。気になるけれど、僕は安達を——堀《ほり》の友人を、それなりに信頼している。過程がどんなものであれ、大地が三島さんと顔を合わせたことは、あの子にとって不幸な結果にはならないのだと信じている。

「でも、なにかは考えてるよね？」

と真辺が言った。

「クリームついてるよ」

と僕は頬を指した。

真辺は左手の人差し指でクリームを拭《ぬぐ》って、ちろりと舌を出して舐《な》めとる。僕は話を戻す。

「なにかって？」

「つまり、大地のことを。どういう風にすればあの子を助けられるのか、イメージがあるんだよね」

もちろん、考えている。でもとても難しい。

「僕は、三島さんに似ているんだと思うよ。君に比べればってことだけど」

「どういう意味？」

「不幸に気づかなければ幸せだっていうのは、わかる」

「でもそれを幸せと呼んでいる限り、問題はなにも解決しない」

「そもそも問題を解決する必要なんてないってことを、三島さんは言いたかったんだと思うけどね」

一方で、真辺の言葉も、正しい。

どう表現したところで、三島さんは死ぬべきではなかった。彼にしかできない役割があった。あるいは彼は、それを放棄する自由だって持っていたのかもしれない。三島さんを悪役に仕立て上げるべきではないのかもしれない。でもどうしようもない事実として、大地は苦しんでいる。

「僕には三島さんが、大地に過剰に求め過ぎているようにみえるよ」

不幸から目を逸《そ》らせば幸せだ、という考え方を否定するのは難しい。一方でそれを幼い少年に求めるのは、過剰だ。自分自身の価値観を作り変えて現実をやり過ごすような生き方なんか、今はまだ、彼が覚える必要はない。

だから僕がみているのは、真辺と三島さんの中間だ。

真辺よりも諦めていて、三島さんよりは希望を持っている。

「ずいぶん考えてみたんだよ。今もまだ、考えている。でもやっぱり僕には、大地の問題を、ひとつ残らず解決するようなことはできない」

真辺は、とくに反論しなかった。

クレープのクリームを気にしながら、「それで？」と先を促しただけだった。

「僕は大地を、現実に返すよ。ひとりに戻ってもらう」

「そう。いいの？」

「なにが？」

「わからないけど。でもきみが本当に、大地を現実に返した方がいいと思っていたなら、もっと早くそうしてた気がする」

「不安はあるよ。そりゃね」

真辺が言う通り、僕は元々、大地が向こうに戻ることには否定的だった。もっと言うなら、大地は母親の元から離れて暮らすべきなのではないかと思っていた。

肉親からの愛情というのは大切なものだけど、でも。それが手に入らないのなら、もう諦めてしまって、別の場所で幸せを探せばいい。

「別に考えを改めたってわけでもないんだよ。ただ、こっちにあの子の両親がいるとわかったから。それで、なんだろう、少しだけあの子を守れるんじゃないかと思った」

冷たい、痛ましい現実に、あの幼い少年を晒《さら》したとしても。凍える夜に一枚の毛布を用意するくらいのことなら、できるのではないか。

「大地が現実に戻ったあとのことを、想像したんだ。もしもあの子が、いつだってそうしたいと思ったときに、またこっちに遊びにこられるなら。大地を受け入れてくれる両親に、好きなときに会えるなら、それでいいんじゃないかな」

こんなものが、真辺にとっての正しさに一致するとは思えない。

当たり前に彼女は顔をしかめる。

「それはなんだか、危ない感じがするな」

「どう危ないの？」

「けっきょく、現実はなにも変わらないまま、楽しい夢をみればいいって言ってるように聞こえる」

その通りだ。ほとんど。

僕の提案は、本質的には安達の価値観となにも変わりがない。理想を目指し続けるのは苦しくて、幸福を求め続けるのは重苦しい。だからその手前に、とりあえずの着地点を作る。できるだけダメージの少ない絶望を用意する。

もしも大地が現実を投げ出して、夢の世界にのめり込むならそれでいい。現実と戦うことを放棄して、逃げ込める先があるのなら、それで充分だ。

魔法が優しい絶望になれれば良い。けれど。

「大地はきっと、絶望しないよ」

わかった風なことは言いたくないけれど。

あの子は強くて、あの子は悲しい。幸福な現実を諦めない。

「私が目指しているものは、違う」

真辺は言った。

「もっと綺麗に、ひとつも諦めずに、あの子の日常を幸せなものにしたい」

「うん」

僕の隣に、真辺がいる。

それはなんて安らかなことなのだろう。鋭利なまま折れない少女がいることで、僕がどれほどのものを委ねられて、どれほど楽をできているのかわからない。

昨夜みた夢を思い出して、僕は言った。

「青が、好きなんだよ」

「青？」

彼女は不機嫌そうにもみえる表情で眉《まゆ》を寄せる。でも実際は純粋に考え込んでいるだけなのだと知っている。

「孤独な青。群からはぐれた青。それでも、いつまでも同じ青。わかる?」

「わからない」

「君の色だ」

僕がそうあって欲しいと願っている、真辺由宇《ゆう》の色だ。

「つまり、どういう意味?」

伝わらないままでいい。こんな言葉。

「君は好きにすればいいってことだよ」

僕が大雑把にまとめると、真辺はわずかにほほ笑んだ。

「私はいつだって、好きにしてるよ」

「うん」

「でも、きみにそう言ってもらえて、よかった」

「そう」

短い返事で、会話が途切れる。僕は彼女の隣を同じ歩幅で歩きながら、クレープにかみついていた。

行きがけに投函した一通の手紙のことを思い出す。

手紙はもう、宛先《あてさき》に届いただろうか。

時間をかけて届く言葉もある。その間延びしたやり取りに、少し緊張している。

＊

夕暮れ時の階段島に戻る船の中で、大地はぽつぽつと今日あったことを話してくれた。美絵さんが作ったサンドウィッチを食べたこと。お皿を洗うのを手伝ったこと。色々な話をして、それから、歌を唄《うた》ってもらったこと。大地はなんだかその歌を知っているような気がしたこと。

「楽しかった？」

と僕は尋ねた。

「うん」

と彼は答えた。それからとろけるように微笑んだ。

でも大地は一貫して、魔女の世界に暮らす自身の父親を「三島さん」と呼んだ。母親を「あのひと」と呼んだ。現実のふたりとは、明確に区別されていた。

そのことを僕は、悲しくは感じない。

「また会いに行こう」

「うん」

「何度でも、毎日でも」

「いいの？」

「もちろん。あのふたりも、喜ぶよ」

今日の出来事が、大地にとってポジティブなものになればよいと思う。現実の大地にはなんの影響も及ぼさないとしても、階段島にいる彼の幸せが無価値なはずがない。

大地は軽く視線を落とす。

「三島さんが言ったことを、考えてるんだ」

僕は頷く。

「それで？」

「まだ、よくわからない。でも、なにかわかる気がする。わかったら聞いてくれる？」

「もちろん。わからないままだって、思ったことを教えてくれてもいい」

「うん。ありがとう」

自分自身の幸せについて、大地がなにを話すのか知りたかった。

船の向かう先には階段島がある。水平線に近づいた太陽の光は温かな色で、その小さな島を美しく照らしている。

僕は魔法のことを考える。魔法で作れる、精一杯の幸せのことを。

階段島は、そのひとつの答えなのだろう。

ほとんど万能みたいな力で作った、ささやかで弱々しい精一杯だ。

3

真辺由宇は今夜も、繰り返される悲劇をみつめ続けていた。

シミュレーション上の大地と美絵さんが笑みをみせることはなかった。魔女の世界の彼らを知っているぶん、ふたりの姿は余計に痛ましくみえた。

真辺はもう、涙をこぼしはしなかった。ほとんど表情を変えることもなかった。すべてを淡々と受け入れているようにみえた。

なんの進展もないまま、様々な形で演じられる何百もの悲劇のあとで、今夜も安達の勧めに従って、とりあえずそのシミュレーションは終わった。

真辺由宇の世界から、大地と美絵さんが消えて。真辺自身も消えて。僕は最後に、安達と短い会話をした。

「時任さんは、どう?」

と僕は尋ねる。

彼女のことで、安達に頼み事をしている。

「まだ手をつけてない。でも、きっとどうにでもなるよ」

「わかった。できるだけ優しく進めてね」

僕が頷くと、つまらなそうに安達は言う。

「七草《ななくさ》くんは？」

「ん？」

「考えは変わらないの？」

「まったく」

目的は別々でも、僕たちは共犯者だ。こっそり手を取り合っている。僕はそれなりに安達を信頼しているけれど、安達の方はそうではない。彼女はその態度を隠そうともしない。

「いまいち信じられないんだよね。貴方のこと」

「それは残念だね」

安達は、共犯者に向けるには冷たすぎる目で僕をみつめる。

「ま、いいよ。裏切られても、私は気にしない」

きっと僕は、もう少し優しい目を彼女に向けている。

「今のところ、裏切る予定はないよ。ところで――」

「ん？」

「窓から落としたとき、子猫はもう死んでいたの？」

安達はあからさまに顔をしかめた。

「さあね。知ったことじゃない」

意外と僕は、彼女のその表情が嫌いじゃなかった。なんだか子供じみていて、可愛《かわい》らしい。

――もしも堀がいなければ、君が魔女でもよかった。

そう言ってみようかと思ったけれど、やめる。

あまりに意味のない仮定で、こんなの安達に、ますます嫌われるだけだ。

前回と同じように、僕は灯台で目を覚ます。

窓辺に置かれた木製の椅子に腰を下ろしているのも、すぐ近くに堀が立っているのも、ひどく疲れているのも同じだ。

僕は椅子の上で、顔を堀に向ける。

「ただいま」

そう言ってみた。

堀はほほ笑んで、わずかに首を傾げるような動作をした。

「おかえり」

日は暮れていて、窓からは丸い月がみえる。もう二、三日で満月になる月だった。

事務的な報告を、僕は口にする。

「今日もとくに進展はなかった。真辺は真辺のままで、相変わらず苦しそうだった」

どれだけ表情が変わらなくても、あの子はいつだって苦しみ続けている。三島さんの言葉通りに。なんにも諦められないから、いつまでだって幸せになれない。

堀は小さく頷いて、言った。

「ココア、飲む？　夜はまだ、寒いから」

「うん。ありがとう」

堀は背を向けて歩き出す。

僕はずいぶん遅れて、部屋の隅に簡単なキッチンがあるのに気づいた。昨日まではなかったものだ。おそらく魔法で作り出したのだろう。ならココアそのものを作ればいいのにと思ったけれど、それはあまりに馬鹿《ばか》げた考えで、もちろん口にはしなかった。

堀はコンロの上の、緑色をした片手鍋《なべ》を手に取った。シンプルに白いマグカップふたつに、その鍋から湯気の立つココアを注ぐ。僕は何気なくその姿を眺めていた。深呼吸のような時間だった。

堀がふたつのマグカップをテーブルに運ぶ。僕はそのテーブルまで移動する。ふたり、向き合って座った。ココアの香りはなんだか懐《なつ》かしい気持ちになる。

互いにココアに口をつけて、暖かな息を吐き出して、それから堀は言った。

「手紙、読んだよ」

「そう」

「どきどきした。すごく」

「僕もだよ」

書いているあいだも、それをポストに投函《とうかん》したときも、そのあとも。

まるでラブレターを書くようだった。そして実際に、ひとつの側面として、堀に送った手紙はラブレターだった。ただし別の側面も持っていた。いくつもの側面を持っていた。

「僕が言いたいことは、上手く伝わったかな」

「たぶん。わかったと思う」

「もっとわかりやすい、なにか、答えのようなものが書けるとよかったんだけど」

「仕方ないよ。答えなんてないようなことだから」

「でもね、とにかく書いてしまっていたなら、それが答えになったんじゃないかって気がする」

感情なんてものはその程度のことなんじゃないか。

きっと僕は、傍目《はため》には矛盾するような感情をたくさん持っていて、誰だって同じようなもので、そのうちのひとつを「これだ」と選んでしまえば、他の選ばれなかった感情はとりあえず無視して、たったひとつを信じて生きていけるのではないか。

でも僕はまだ、そんな風に乱暴に自分の気持ちを決めてしまえない。

一〇〇万回生きた猫が語った、怪物の問題だ。それはつまり、僕のひどく個人的な信仰の問題だ。神もおらず、経典もない。ただ信じたいものだけがある。それをアイデンティティと呼ぶことだってできるだろう。本質はイドに近く、だが振る舞いは超自我に近い。僕自身の欲望が産んだ、僕の行動を検閲するもの。個人的な信仰。

その怪物が、僕に感情を選ばせない。

誠実であろうとするほど、不誠実にしか振る舞えない。

堀は言った。

「あの手紙を、信じていいのかな?」

「できるだけ嘘にならないように書いたよ」

「なら、嬉《うれ》しいよ」

「僕はもっとたくさん、書くべきことがあった気がしてるよ」

「でも、真辺さんと私には、もっと差があると思っていたから」

「君と真辺は、比べるものじゃない」

比較の対象として成立していない。成り立ちもあり方もまったく違う。共通点はひとりの女の子だということでしかない。どうして、たったそれだけの理由で、ふたつの綺《き》麗《れい》なものを比べなければいけないんだ。

堀は、僕に向かってほほ笑む。

「でも七草くんは、いつか、なにかを選ばないといけないんだよね」

「わからない。でも、たぶん」

比べようのないふたつを比べるようなこと、できるなら避けたいけれど、避け続けられるとも思えない。

たったひとつ、言えるのは。

「それを選ぶことを、僕は決して成長とは呼ばない」

ただの敗北だ。

＊

僕が堀に送った手紙は、こんな内容だった。

堀さんへ
僕は最近、時任さんに言われたことを、繰り返し思い出します。

なにも捨てることなく、人は成長できるのか？　どうやらこれが、僕にとってのテーマのようです。もう間もなく乗り越えられるテーマなのかもしれないし、もしかしたらいつまでも、死んでしまうそのときまで頭を捻《ひね》り続けることになるのかもしれません。どちらであれ、とにかく今は悩まなければならない、という意味では同じです。

自分を捨てるというのは、僕たちにとっては身近な問題です。貴女《あなた》と僕とで、繰り返し考えてきたことです。それは魔法の遣い方や階段島の運営という形で具体化されているし、より抽象的には、誰にだって訪れる当たり前の成長の要素でもあるのでしょう。青春、なんて恥ずかしい言葉ですが、それはつまり幼い自分自身との、少し間延びしたお別れの期間なのかもしれません。

でも僕はできるなら、僕を少しも捨てることなく、大人というものになりたいのです。大人をどう定義するのかは難しい問題ですが、僕は今のところ、トクメ先生から聞いた言葉がもっともしっくりきています。要約してしまうとそれは、未来を創《つく》る役割を能動的に受け入れる覚悟を決めた人なのだ、という風な定義です。今の僕に、その覚悟があるのか？　簡単に「ある」とは言えませんが、少なくともそれを持とうとはしています。階段島の未来であり、大地の未来であり、僕たちの未来。それらから目を逸《そ》らさずにいたいと、素直に思っています。

なぜ僕は、なにひとつ捨てないまま大人になりたいのか？

僕の価値観は、どこから生まれているのか？

ひとつには、やはり真辺由宇の存在があります。僕は長いあいだずっと、彼女がなにひとつ変わらないことを望み続けてきました。彼女の一部が捨てられて階段島に来たことにひどく動揺し、憤《いきどお》っていました。

さらにもうひとつ、重要なことがあります。貴女は、魔法というものの理想は、なにも捨てないことなのだと言いました。実際にその言葉通りに魔法を遣ってきました。成長の過程で、抱えきれなくなった自分の一部を、階段島は優しく受け入れます。そして自分を捨てた誰かが、その捨てたものの価値を再発見したなら、当時のままのそれを返してあげる。とっても素敵な魔法です。

僕の価値観の多くの部分は、貴女と真辺によってできています。そして、そのどちらもが、僕に「なにも捨てないまま成長すること」を考えさせました。

時任さんの言葉は、ずっと僕の内側にあった価値観を暴き立てたわけです。

だからそのことを繰り返し考えて過ごしました。


次に、恋愛というものについて書きたいと思います。

実のところ、僕はそれが嫌いです。

理由は単純で、つまり恋愛とは、ひとつを選び、別のものを捨てる行為のように思えるからです。この世界には、そうではない形の恋愛もあるのかもしれませんが、多くの場合は。

何十億という数の人間から、たったひとりを特別な存在にするのが嫌だ、というのとは少し違います。この世界に、僕と、もうひとりだけしかいなくても、同じだったのだろうと思います。

貴女に出会う前――と書いてしまうと、それは誤りですね。幼いころから階段島で暮らしていた、もうひとりの僕の記憶を得る前。真辺と共に過ごした記憶しか持っていなかったころから、僕は恋愛を嫌っていました。真辺由宇を恋人にしたいと考えたことはありませんでした。

僕と真辺との関係に、恋人という名前をつけることに、耐えられなかったのです。その言葉によって切り捨てられるいくつもの感情の方に、僕と彼女との関係性の本質があるように思っていました。

僕が彼女に向ける感情を、恋だなんて呼んで欲しくなかった。なんの名前もいらなかった。どんな形にも切り取られたくなかった。もっと複雑なまま、純粋に、僕は僕の気持ちを扱いたかった。

でも一方で、貴女と階段島で過ごしてきた方の僕は、もう少し恋愛というものに対して寛容だったようです。

そちらの僕は、より素直に、貴女に恋をしていました。貴女との関係を尋ねられたなら恋人と答えていたでしょう。貴女が否定しないなら、と注釈をつけて。

ふたりの僕の姿勢が違ったのは、貴女と真辺の違いだろうと思います。

これから貴女がどれだけ変わっても、僕は今と同じように、すべての貴女を愛し続けるだろうと思います。一方でもし真辺が変わったなら、目の前の彼女には興味を失い、過去の彼女の思い出だけを愛するでしょう。

どちらがより、強い感情なのか？

貴女と暮らした僕は貴女への感情がより強いと言い、真辺と暮らした僕は真辺に向ける感情がより強いと判断します。

その矛盾するふたつの価値観を、今の僕は、共に抱えています。

なにも捨てないまま、大人になれるのか？

僕にとっての、そのひとつの象徴が、貴女と真辺のことです。

まるで矛盾するふたつの感情を誠実に抱えたまま、足を踏み出せる道なんてものがあるのかを、ずっと考えています。

素直に、正直に本心を書くなら、「そんなものは存在しないだろう」というのが、現状の印象です。

いつか、どこかで、僕はなにかを選ばなければならないでしょう。

真辺由宇に対して誠実であり続けたなら、僕はなんらかの形で貴女を傷つけるのかもしれません。貴女の幸せを願い続け、そのためだけに全力を注いだなら、僕はどこかで真辺に対して誠実ではなくなるのかもしれません。そして、その両方を避けようとするなら、僕はふたつの価値観を共に裏切ってしまうように思います。

この手紙はもちろん、貴女の言葉への返事として書いています。

わがままな魔女になる、と貴女は言いました。それは正しいことだと思います。わがままに僕を好きな魔女になる、と貴女は言いました。この上なく、嬉しい言葉です。本当に。それから貴女は、僕にとっての呪《のろ》いになるとしても、と付け足しました。でもその呪いは元々、僕自身が抱えていたものです。僕が、僕にかけた呪いです。

今も僕は、なにも捨てないままの成長を目指しています。

その方法が、ちっともみつからなかったとしても。

昔から、なにかたったひとつでも、僕の思い通りに物事が進むだなんて、信じられたことはありませんでした。だからみつかるはずのない答えを探し続けることには、それなりに慣れています。いつか、どこかで、それを諦めることにも。

ただ、僕が理想を、諦めるときがくるなら。

その姿を貴女にみていてもらえれば、僕は嬉しく思います。

＊

堀はマグカップをテーブルに置いて、木製の椅子《いす》から立ち上がった。

ゆっくりとこちらに向かって歩きながら、口を開く。

「つまり私は、七草くんを、諦めさせればいいのかな。貴方の、理想を」

彼女の顔は笑っていたが、それはなんだか悲しそうにみえた。涙をこらえている表情にみえた。だからもう、すでに僕は、僕の理想に反しているのだ。

本当は、堀を少しも悲しませたくはなかった。彼女の不幸になりたくなかった。でもどうしようもなくなにかを選んで、僕はあの手紙を書いた。

「僕は意外に、頑固らしいよ」

「知ってるよ。でも、優しい」

堀が僕の目の前に立つ。すぐ近く、つま先とつま先が触れあうくらいの距離。

彼女は泣き顔のように笑ったままで、僕の瞳《ひとみ》を覗《のぞ》き込む。

「やっぱりあの手紙には、嘘があるんだと思う」

「そうかな。できるだけ、素直に書いたつもりだけど」

「うん。でも――」

堀が右手を、僕の頬に伸ばす。それを振り払うことなんかできない。

「やっぱり私は、貴方の呪いで。貴方の理想に反していて。でも、ごめんなさい。私はわがままな魔女になるよ」

目の前の瞳は潤《うる》んでいて、彼女が目を閉じると、そこから一筋の涙がこぼれた。

「わがままなのは、僕の方だ」

かすかにココアの香りがして、まどろんだ脳で、僕はようやく理解する。

魔法のように。言葉のように。この子がもっとも怖れているもののように、震える唇が触れる。

——ああ。堀は。

僕の頭の中を覗いたのだ。

僕が真辺に対してしようとしていることを、理解したのだ。

ほんの短いキスのあとで、堀がもう一度、ささやく。

「ごめんなさい」

そして堀の姿が消える。僕の目の前から綺麗に消える。

たしかに、逃れようもなく。

彼女の涙も声も唇も、僕を縛る、呪いだった。

＊

堀の手紙に書けなかったことがある。

何枚も便箋《びんせん》をだめにして、それで諦めた言葉がある。

それは星に関する話だった。群青色《ぐんじょういろ》と青に関する話だ。

僕は堀のことを考えながら、その文章を書き始めたはずだった。でもどんな風に書いても、彼女のことにはならなかった。だから、書くのを止《や》めた。

堀が大事で胸が痛い。彼女の魔法が、美しくって。

――でも。

でも。冷たい二文字。

堀は僕の安らぎで、優しさの象徴で、あの群青色の空を守るもので、でも。

僕の理想のひとつだけど、僕にとっての青ではない。

4

四月六日に始業式があり、僕は高校二年生になった。

教室が変わり、教科書が新しくなった。堀は姿を現さなかった。僕の目の前から消えたままだった。

ほかには、これといった変化はない。クラスの委員長は水谷《みずたに》で、ふたつ隣の席に佐々《ささ》岡《おか》がいる。一〇〇万回生きた猫の居場所は相変わらず屋上で、担任もトクメ先生のままだ。

安達は、新聞部にはあまり興味がないようだった。彼女にとっての、新聞部の役割はもう終わったのだろう。僕は主に佐々岡と、委員長の三人で、ごく真面目《まじめ》に部活動に勤《いそ》しんだ。真辺を誘えば顔を出しただろう。でも彼女を巻き込む理由もない。すでに新聞部の活動と、魔法を巡る争いは切り離されている。

僕の毎日はほとんど固定されていた。朝起きて、学校に行き、時間があると屋上で一〇〇万回生きた猫と話をした。放課後は教室で新聞部の活動をした。テーマは以前、佐々岡が言った通り、卒業後の進路だった。この狭い階段島でどんな未来があり得るのか、クラスメイトたちはどんな将来を望んでいるのか、アンケートを取ったりコラムを書いたりした。学校を出たあとは、港まで大地を迎えに行った。魔女の世界の両親に会った大地を、三月荘まで連れ帰るのが僕の日課だった。そして夜になると、真辺が作る、繰り返される悲劇をみつめた。

それはまるで新しい日常のようだった。高校二年生の一年間、ずっとそんな生活が続くのではないか、と、なんだか錯覚しそうになった。学生生活を続けていると、まるで自分たちがいつまでも学生のままでいるのではないかという気になるように。でもそんなはずはない。

時間はひとつの方向に流れ、物事は確実に進行する。変化が目にみえる、みえないに関わらず。しかも実際のところ、僕の目にだって、なんの変化もみえていないわけではなかった。たとえば大地は、毎日その表情を変えた。様々な顔つきで、深刻に思い悩んでいた。


そして四月一四日の水曜日に、彼は言った。

日常になりつつあった、港からの帰り道だった。


「聞いてくれる？」

僕は頷《うなず》く。

「もちろん」

ちょうど、日が沈む時刻だ。

茜空《あかねぞら》の下を歩いていると、小さい頃によく行った、近所の公園を思い出す。ブランコが影を東に伸ばして、その先っぽがすべり台にかかると、そろそろ家に帰る時間になる。僕が小学生だったころ、その景色はなんだか寂しいものにみえていた。でも今は、当時の記憶をずいぶん温かく感じた。

彼はうつむきがちに隣を歩きながら、小さな声で言う。

「僕は、もうあのひとに、会っちゃいけないんだと思う」

「美絵さん？」

「うん」

「どうして？」

「お母さんみたいだから」

「お母さんみたいな人には、会いたくない？」

「会いたいよ。でも」

大地は長い間、沈黙した。

緩やかなカーブを描いて田畑を抜ける道に差しかかる。大地が黙り込んでいるあいだ、僕も口を開かなかった。代わりに彼の、小さな手を握る。その手はとっても温かい。夕空の思い出よりも。

大地は言った。

「あの人を、お母さんだと思うのは、嫌だ」

僕は頷きそうになったけれど、どうにかそれを堪《こら》える。

――知ってるよ。

と、胸の中で答えた。

大地の姿をみていれば、わかる。

彼はいつだって、誠実で。頭が良くて。まるで優しいという言葉そのものみたいに悲しい。

大地とトランプをしたことを思い出す。彼は間違いなくトランプを楽しんでいた。でも決して勝負に勝とうとはしなかった。上手《うま》く、相手に気づかれないように、少しだけ負けたがっているようだった。

いつだってそうだ。この幼い少年は、自分の幸せを目指さない。目の前にいる誰かの幸せを優先して求めている。ときにはゲームの相手の。ときには彼を心配する大人たちの。そしてもちろんいつだって、彼の母親の幸せを求めている。現実にいる、相原美絵さんの幸せを。

だから大地は、魔法では救えない。

彼をどれだけ幸せにしようとしても、彼の望みは叶《かな》わない。

軽く息を吸いこんで、覚悟を決めて僕は答える。

「考えすぎだよ。こっちの美絵さんに会うのだって、楽しかったんだろ？」

「それは。楽しかったけど――」

「なら、それでいい。楽しい時間は、素直に楽しめばいい」

「でも、本当に楽しかったわけじゃないんだ」

いつの間にか、大地は顔を上げていた。繋《つな》いだ僕の手を強く握りしめていた。

真剣な彼の瞳は大人びてみえた。声も、言葉も。大地は元々、大人びた子供だ。でもこの一〇日間ほどで、なんだか一〇年も歳《とし》を取ったみたいだった。

「そのときだけ楽しいのと、本当に楽しいのは、違うんだと思う。全然、違うんだ。僕は毎日、楽しいけど、でもたまに辛《つら》くなる。夜、眠るときなんかに。その一日が楽しかったら、楽しいだけ、辛くなる。それはたぶん、本当じゃないんだよ」

僕は心の底から微笑《ほほえ》む。

——ああ。とっても素敵だ。

とっても、まっすぐだ。まるで真辺由宇みたいに。

僕はこの少年が大好きだった。彼の真ん中にある、美しいものを愛していた。あんまり綺麗で、綺麗で。でも大地は真辺じゃない。

僕は首を振る。

「違うよ、大地。それも、本物なんだ」

彼の言いたいことは、わかる。とてもよくわかる。

たったのひと時じゃない。食べたらなくなるチョコレートみたいじゃない。夜眠るときに。朝目覚めたときに。いつかずっと未来、振り返ったときに。いつまでも同じように温かに感じる幸せを、本物と呼ぶのは誠実だろう。その幸せに背を向けることで手に入る、インスタントな幸せを、偽物《にせもの》と呼ぶことだってできるだろう。

でも。

「君が言う、本物の幸せは、たぶんとっても素敵なものなんだろう。だれだって納得するものなんだろう。でもね、そのほかの幸せを、みんな投げ捨ててしまう必要なんてないんだよ。だって完璧《かんぺき》な幸せだけを探して生きるのは、あんまり辛くて悲しいでしょう。ちっぽけでも、偽物みたいでも、ひとつひとつの幸せを丁寧に受け止められれば素敵でしょう」

これは大地に、絶望を伝えるための言葉だ。あんまり綺麗で悲しすぎる、彼の望みを絶ってしまうための言葉だ。

僕はできるだけ優しく笑って、少年の理想的な心に傷をつける。

「ねぇ、大地。僕はいつだって、君には幸せでいて欲しいんだよ。いつかじゃない。未来だけじゃない。今日も、今も、いつだって、君が幸せだと僕は嬉しい。そのためにはどうしたらいいか、わかる？」

大地は眉をきゅっと寄せる。今にも泣き出しそうな顔になる。

「三島さんが、言ったこと？」

希望を捨てた先の幸せ。なにも期待しないことの満足。

僕はまた首を振る。

「違う。まったく」

あんな言葉に意味はない。それこそ、ごみ箱にでも放り込んでしまえばいい。

大地はもしかしたら、この先の長い人生で、いつか三島さんの言葉に再会することがあるかもしれない。より誠実に、彼の言葉を扱うべき夜があるのかもしれない。でもそれは今じゃない。明日でも、明後日でもない。

まるで愚かに、僕自身にはできないことを、手を繋《つな》いだ少年に告げる。

「君はただ、わがままになればいいんだよ。小さな幸せを受け止めながら、大きな幸せを目指せばいい。君に足りないのは、それだけなんだよ」

大地はきっと、美絵さんに似ている。現実の美絵さんに。

この幼い少年は、愛する母親以外の理由で、自分が幸せになることを許せないのだろう。母親ではない人から与えられる喜びを受け取ることに、罪の意識を抱いている。

大地をそんな風にした、なにもかもが苛立《いらだ》たしかった。

だから僕は、強引に彼を説得する。

「君が幸せじゃないと、僕は悲しい」

堀の言葉を借りるなら、これは呪いだ。

近くにいる誰かのことばかりを考えている優しい少年への呪いだ。

本当は、涙を流したかった。偽物の涙だったとしても、目にみえる形で、僕の感情を彼に示したかった。呪いがいっそう強まるはずだから。なのに泣けなかったから、僕はさらに続ける。

「真辺が、泣いたんだよ。君のことで。僕も悲しい。だから、君は幸せにならないといけない」

嘘《うそ》だ。こんなの。

たしかに真辺は、彼女の世界で泣いた。シミュレーション上の、様々な大地の未来をみて、その景色が悲しくて泣いた。真辺の涙をみていると、僕も泣きたくなった。だとしても、そんなこと、大地には関係ない。幼い少年には伝えなくていい。

本当は大地に、努力なんかいらないんだ。彼はなにもしなくていい。世界の方が勝手に正常にならなければならない。真辺ならそう言う。僕も本音じゃそう思っている。でも、諦《あきら》めてもいる。

だから僕は、大地の美しいものに傷をつけるのだ。

彼の誠実で優しい心にノイズを差し込む。

それが幼い少年の絶望になるとしても。彼の美しい心を終わらせるとしても。まるで紛《まが》い物の、魔法で作れる幸せを、無理やりに受け取らせる。

「できるなら君に、全部の幸せを受け入れてほしい」

うつむいて、大地はささやく。

「僕は――――」

痛いくらいに強く僕の手を握り締めていた。

瞳に溜《た》まった涙で夕陽が輝いていた。

「楽しかったよ。ここにきてから、ずっと。まいにち。優しいお母さんに会えたのも。お父さんに会えたのも。三月荘のみんなも」

「うん」

「だから、僕、本当のお母さんに会いたい」

「なら、そうしよう」

彼が目指す幸せが、ここにはないのなら。

僕たちはなにかを諦めて、相原大地をこの島から送り出さなければならない。

＊

寮に戻った僕は、机の引き出しから携帯電話を取り出した。三島さんに会いに行ったとき、いつの間にかポケットに入っていた携帯電話だった。

安達から届いたメッセージに返信を入れる。「話をしたい」と一行だけ。階段島には、携帯電話の電波は飛んでいないはずだ。でもそのメッセージには既読のマークがつき、間もなくコールがあった。

「なんの用？」

と電話の向こうで言った安達は、相変わらず不機嫌そうだ。

僕の方も、前置きなく本題を切り出した。

「大地が階段島を出たいと言っている」

「そう」

「時任さんは？」

「大丈夫でしょ。たぶん。たぶんね」

「たぶん？」

「少なくとも、感情的には否定しない。充分に話し合う余地がある。一方でもちろん、あのひとは魔法にトラウマを抱えている」

「その解決を、君に任せたつもりだったんだけどね」

「ふざけないでよ。できるわけないでしょ、そんなこと」

もちろんだ。生死が関わっている、重たいトラウマを、簡単に消してしまえるわけがない。

携帯電話の向こうで、安達はこれみよがしなため息をつく。

「予定通りで、ずいぶん気持ちいいんでしょうね」

安達には、四月二日の夜――あの、口先だけではなく僕と彼女が手を組む約束をした夜に、おそらくこうなるだろうことは伝えていた。

魔女の世界にいる両親に大地を会わせるなら、当然の成り行きだった。つまり大地が魔法の世界の美絵さんとの時間に罪悪感を覚えて、ここでの生活に見切りをつけるのは。

どれだけ、想像通りだったとしても。

「気持ちいいわけないだろ」

こんなことが。小さな子供を、追い込んでいくようなことが。

階段島での生活は、大地にとって幸福なものだったはずだ。周りにいる誰もが彼を純粋に愛していた。彼はしばしば、素直な笑みを浮かべるようになった。その幸せが偽物だと証明するようなことが、気持ちいいわけがない。

安達は無感情に話を進める。

「大地くんが向こうに帰りたがるだろうってことは、時任さんにも伝えたよ」

「感触は、どうだった？」

「あの子は特別だからね。帰さないわけにもいかないでしょ」

「もうひとつは？」

「保留」

それでは困る。

「そっちの説得が本題だろ」

「保留って言わせるところまで説得したんだよ。充分、働いたでしょ」

「どんな話をしたの？」

「私は文句を言っていただけ。メインの話は堀さんが」

「どこが充分働いたんだよ」

「堀さんが素直に話せる状況を作った。どこが不満なの？」

時任さんを説得したのが、堀でも安達でもかまわない。ただあの繊細な少女が、また不必要に傷ついていないのかが気になっただけだ。

「堀は、どんな話を？」

「秘密」

「どうして？」

「あんまり馬鹿げた話だったから。説明するのも馬鹿らしい」

そう言ったとき、安達が笑ったような気がした。聞こえたのはほんの小さな息遣いだったが、今まで見た覚えのない種類の、彼女の笑みが思い浮かんだ。

でもそのすぐあとに、安達は聞き慣れた、冷たい口調で続ける。

「ともかくこっちの状況は、最初に言った通りだよ。あのひとは貴方《あなた》の言うことを、感情的には否定しない。説得力がある話なら受け入れるところまでは進めた」

「そう」

「あとは貴方が好きにやって」

そう言い残して、安達は通話を切った。

まあ、いい。たしかに時任さんとも、話をしておきたい。

僕は携帯電話を机の上に置き、ベッドに寝転がる。なんだか頭が痛かった。自分がしていることに、なんの確信も持てなかった。僕は今、大地の未来を無理やりに決めてしまおうとしている。なにかを決めるには責任が伴う。幼い少年の未来なんてものに付随する責任は、もちろん僕に支えきれるものではない。それでも、なにかを選ぶ。

未来を創る義務を負う覚悟を決めたのが、正しい意味での大人なのだとトクメ先生は言った。その通りだろうと僕も思う。でも、じゃあ、僕は大人なのか。その責任を負えるだけの力があるのか。

そんなことを考えて、僕は胸の中でため息をついた。

――馬鹿げてるな。

本当の意味で、未来を築いていく責任を負える人間なんて、きっとどこにもいないだろう。大人だとか、子供だとかは関係なく。そんな神さまのような人間、いるわけがないだろう。

それでも背負わなければならないものがあるんだ。誰にも背負えないものを、大勢の誰かが背負ってきたから、今があるんだ。過去からみた未来が。

なんだか少しだけ真辺の考えが理解できて、僕はつい笑う。なのにその成り立ちは正反対で。

真辺由宇は世界の正しさを信じている。だから、間違いだとしても、自分自身が責任を負うことを躊躇《ためら》わない。勇気を持って目の前の選択肢からひとつを選べる。間違えていたら誰かが正してくれると信じている。

僕は？　僕は、違う。この世界が正しいなんて、欠片《かけら》も信じていない。大地が必ず幸せになるなんて夢をみえない。

だとしても、選ばないといけないんだ。生きているなら。時間の流れに身を晒《さら》しているなら。選択から逃げ出すという選択の先には悲劇しか想像できないから、背後から首に突きつけられたナイフを怖れるように、進み続けなければならない。

そのナイフから逃げているうちに、きっと僕は大人になるのだろう。

どんな大人だかは知らない。ろくでもない大人なのかもしれない。それでも、逃げ続けなければならない。

――君がそのままなんにも捨てないでいられたなら、私には大満足のストーリーだよ。

と、時任さんは言った。

そんなことが、可能だろうか。

なにも捨てないまま選び続けることが。

僕は目を閉じる。

ただ色のない暗闇《くらやみ》に、ちっぽけな星がひとつ、弱々しく輝いている。

5

翌日、一五日の放課後も、僕は変わらず港へ向かった。

でも目的は、大地の迎えではなかった。あの子は今日は、船に乗らなかった。

灯台の隣の、赤い屋根の郵便局に入る。客はいない。カウンターの向こうで、時任さんが気だるげに頰杖《ほおづえ》をついているきりだ。

「こんにちは」

と僕は言った。

「こんにちは。もうそろそろこんばんはって時間だけどね」

そう答えて彼女が浮かべた笑みは、僕が知っているものよりも少し硬く感じた。造形は同じでも、使われている素材が違うみたいに。

「今日は、大地の話で来ました」

「そう。ま、他にはないでしょうね」

「あの子は階段島を出たいと言っています。本当の、母親の元に帰りたい、と」

「聞いてるよ。それで？」

「明日の夜、大地を連れて階段を上ります。現実の彼に会わせてください」

「別に、いいけどさ」

時任さんは、頬に当てていた右手を額まで移した。それで彼女の顔がやや下を向く。目元に手の影がかかった時任さんの姿は、なんだか寂しげにみえる。

「向こうがいらないって言ったら？」

「言いませんよ」

「もし、言ったら？」

「どうにでも。貴女が良いと思うように」

「無理やり突き返してもいいの？」

「そうしたいんですか？」

「どうかな。帰しても、なにも変わらないでしょ」

「なにかは変わると思っていますよ」

変わらないと、困る。悲しい少年が、悲しい少年のままでいるだけだ。

僕はゆっくりと歩いて、時任さんに近づく。時任さんは背を伸ばして座り直す。彼女は呪文《じゅもん》を唱えも、指を鳴らしもしなかった。でもいつの間にか、カウンターの前に一脚の椅子が現れていた。事務的なパイプ椅子だ。

言い訳みたいに彼女は言う。

「立ったままの人と話をするのって、あんまり好きじゃないんだよ」

僕はその椅子に腰を下ろす。意図されたことなのか、偶然なのか、目線がちょうど時任さんと同じになる。

「いつだったかな。何日か前に、あのふたりがきたよ」

「堀と安達」

「そ。仲良くね。昔のことを思い出したな」

「現実の、貴女の部屋にふたりが遊びに来ていたころ？」

「うん。なかなか幸せな思い出でね。スケッチブックと色鉛筆で、いくらでも時間を潰《つぶ》せた」

「堀と安達は、仲が良さそうだったんですか？」

「別に、ケンカをしてたってわけでもないでしょ。ちょっと考え方が合わなくなっているだけで」

「でも、あのふたりの仲が良さそうには、なかなかみえません」

深い場所では、堀と安達は繋がっているのかもしれない。互いが互いを思い合っているのだと感じる。でも目指しているものが違うから、あんまりそれは、外からはみえない。

ため息みたいな声で時任さんが言う。

「安達さんは、以前のあの子みたいだった。ナナくん、なにかした？」

「なにも」

「まるでずっと、堀さんを庇《かば》ってるみたいだった。なんでもない顔をして、でも一所懸命にね。ああいうのをみてると、なんだか微笑ましくてさ」

安達が微笑ましかったことなんてない。

ひどく当たり前に、時任さんからみえる安達の姿と、僕からみえる安達の姿は、まったく別物なのだろう。

「どうしてあのふたりは、あだ名じゃないんですか？」

「ん？」

「時任さんは、僕も真辺もすぐにあだ名で呼んだのに」

「理由が必要？」

「必要ってわけじゃないけど、でも、なにかはあるものでしょ。理由なんて」

なんの理由もないものなんて、この世界には存在しないだろう。因果みたいなものを辿《たど》ることはできるだろう。

「ま、そういう時代に出会ったからでしょうね」

「あだ名を呼ばない時代？」

「魔女になるかもしれない女の子と、気軽に仲良くなろうと思えなかった時代」

「どうして？」

「わかるでしょ」

「わかりませんよ」

「ホントに？」

「いくつか、想像はできます」

「その全部が、たぶん正解だよ」

時任さんはくすりと笑う。

「大地くんの話をしにきたんでしょ。早く進めたら？」

「はい。相談したいのは、あの子が向こうに帰ってからのことです」

「定期便が欲しい、だっけ？」

僕は頷く。

別に、本当に船を出す必要はない。あの子が現実に戻ってしまったあとも、気軽にこの魔女の世界と行き来ができるようにして欲しい。

「大地には、彼を愛してくれる両親が必要です」

「偽物でも？」

「だれが偽物だっていうんですか」

「こっちの美絵さんも三島さんも、大地くんにしてみれば偽物でしょう」

僕は首を振る。

「本物ですよ。だから、あの子は困ってるんじゃないですか」

もうひとりの美絵さんと、死んでしまったはずの三島さんが、まるで本物みたいだから。それで、嬉しくて、楽しくて、苦しんで、傷ついている。

時任さんは両手を天井に向かって突き上げて、大きく伸びをした。ううん、と吐息のような声が漏れる。続けて、肩を回してストレッチをしながら言った。

「私は、よくないように思うな」

「どうして?」

「こっちばっかり楽しいと、バランスが悪いでしょ? 現実の方の美絵さんを、偽物みたいに感じるときが来るかもしれない」

「いいじゃないですか。別に」

もしもいつか、大地が魔女の世界の両親を本物だと信じられたなら、それはいけないことじゃない。少なくともまっすぐに彼をみてくれる母親が手に入る。

でも時任さんは、そんな風には考えないようだった。

「現実をないがしろにするのは、いいことじゃないよ」

「こっちが現実じゃない理由もないでしょう」

「あるよ。魔法はけっきょく、偽物だから」

「本物とか、偽物とか、誰が決めたんですか?」

「私。たぶん、ナナくんもね。内心じゃそう思ってるでしょ？」

ほんの一瞬、躊躇って、僕は頷く。

ただの思い込みなのか、まっとうな理屈があるのか僕自身わからない。いつか心の底から、魔女の世界も現実の一部だと言えるようになるのかもしれない。でも少なくとも今のところ、僕はこの世界を、現実と区別している。

意図して息を吐き出す。少しでも力を抜いて話したかった。

「意外に、否定的なんですね。定期便の話」

「意外かな？」

「保留だって聞いてたから、もっと迷ってるのかなって」

「迷ってはいるよ。なにが正しいのかなんてわかんないからね」

「堀は、なにを話したんですか？」

「堀さん？」

「彼女が時任さんを説得してくれたんでしょ？」

「説得っていうか、安達さんと言い合いしてただけかな。私の目の前で」

よくわからない。

なんだか先ほどの話と矛盾するような気がした。

「仲が良さそうだったんですよね。あのふたり」

「仲良くないとできない喧嘩《けんか》だってあるでしょ」

そうかもしれないけど、でも上手くイメージできない。

「けっきょく堀は、なんの話をしたんですか？」

「ナナくんの話」

時任さんは再び頬杖をついて、僕の見慣れた、いたずらが好きそうな瞳でこちらを見上げる。

「つまりね、魔法でこっちの世界に連れ込んだ誰かひとりが、本当の心の支えになることもあるって話。なら大地くんにとって、こっちの両親がそうならないとも限らない。私の反論は、だいたい安達さんに取られちゃったな」

なるほど。安達はきちんと働いていたようだ。

「反論がないなら、いいじゃないですか」

魔法の世界の美絵さんたちが、大地の本当の支えになるのだと信じても。

時任さんは微笑んで答える。

「でも私はもう、失敗したくないよ」

「魔法で？」

「うん」

「どうせ、後悔するのに？」

僕は背後から突きつけられたナイフをイメージする。どこまでも追ってくる、呪いみたいなそれを。

「次に大地の涙をみたときの、上手い言い訳は用意していますか？　きちんと目を閉じたり、耳を塞《ふさ》いだりできますか？　それができるなら別にいい。でも、貴女《あなた》は違うでしょう。なにもしないでいても、どうせ後悔するんでしょう」

かつて、時任さんが魔法を遣ったことで、ひとりの男性が死んだのかもしれない。それは真実なのかもしれない。

だとしても。なにもしていなくても、どうせ時任さんは後悔したんだ。自然に病気で三島さんが亡《な》くなっていたとしても、なにかができたのではないかと思い悩んでいたはずなんだ。魔女だから。魔法を使えるから。でも、それだけじゃなくて。どこまでも当たり前に、時任さんが優しい人だから。

目の前の時任さんが、なにを考えているのかわからない。

僕からは、彼女の感情なんてみえない。涙を浮かべているわけでもない。わかりやすい表情もない。ただ硬く微笑んでいるだけだ。その笑みでわかることなんて、ひとつだけだ。彼女は深く傷ついている。それだけだ。

「ねえ、ナナくん。私には、なにが正しいのかわからない」

「誰だってそうでしょう。誰だって。誰に、わかるっていうんですか」

「もうなんにもしたくない。子供みたいに、なにも知らずに、毛布に包《くる》まって眠っていたい」

「なら魔法を、明け渡してください」

「そんなのもう試したよ。堀さんに魔法を預けてみた。でもなにも変わらなかった。ずっと苦しいままだった」

「違うでしょう。それは」

時任さんのことなんてわからない。悲しい魔女の気持ちなんて想像しかできない。

だから僕は身勝手に伝える。

「どれだけ傷ついていても、階段島は居心地が良かったでしょう？　本心で笑えたことだってあるでしょう？　僕になんにも捨てるなと言ったのは、貴女だ。なら、時任さんだって捨てないでくださいよ」

なんにも捨てないままなにかを選ぶなんて、まるで矛盾だけど。

言葉遊びみたいなものだけど。

でも、それが意味しているのは、きっとひとつきりだ。全部の自分に、誠実であれということだ。

「魔法を怖れるのは、当たり前なんだと思います。でも、それだけじゃないでしょう？

魔法のすべてが、悪いものばかりだったってことはないでしょう？　本当ならあるはずの感情から思い込みで目を逸《そ》らさないのが、なんにも捨てないでいるってことじゃないんですか」

なにを捨てたって、別にいい。愛だって夢だって希望だって、重たすぎるなら放り投げればいい。わざわざ自分から苦しむ必要はない。

でも、どうしたって捨てられなかったから、苦しいんだろ。だったらもう向き合うしかないじゃないか。

「魔法が作ったものは、悲しいものだけでしたか？」

違うんだ。もちろん。時任さんが本当に、魔法に絶望していたなら、いちいち苦しまなくていい。堀に魔法を預ける必要もなかった。

時任さんは、額に手を当ててうつむく。

泣いてはいなかった。でも、彼女の声は震えていた。

「魔法なんて、大嫌い」

「ええ。それで？」

「階段島だって、悲しくて。でも、心地はよかったよ」

当たり前だ。

堀が傷つきながら、長いあいだ使い続けていた魔法。まるで偽物みたいな、でも誰かにとっては本物の楽園になり得る場所。愛だとか優しさだとか、そういう傷つきやすいものが形になった、繊細で悲しい世界。

あれを時任さんに、否定できるわけがないんだ。僕と同じように。

「だから僕は、大地のために魔法を遣って欲しいと思います」

優しい魔法を知ってるから。僕たちには、魔法のすべてを捨て去れない。

時任さんは額に手を当ててうつむいたまま首を振る。

「君の言葉じゃ、なんにも決めない」

「はい」

「私は私の意志で、魔法を遣う」

「わかりました」

「だから、君はなんにも決めなくていいよ。でもアドバイスをちょうだい」

時任さんは額から手を放す。それで彼女の瞳がみえる。

「この世界の美絵さんと三島さんは、本当に大地くんの助けになるの？」

僕は頷く。

「はい。必ず」

それは本当は、偽物なのかもしれない。目覚めるたびに消えてしまう、夢のようなものなのかもしれない。だとしても、優しい夢は無価値じゃない。

「良い魔女になりましょうよ。優しくて、良い魔女に」

なにもかもが、上手くいくことなんてないだろう。なにを選んでも、どうせどこかで失敗するのだろう。なら、理想を目指すしかないじゃないか。真っ暗な闇の中で、たったひとつ輝く脆弱《ぜいじゃく》な光みたいなものを、追いかけることしかできないじゃないか。

なにが正しいのかわからない。それでも。

「悩み抜いて出した答えを、これが正しいんだって言い張るのが、きっと大人の役割なんでしょう」

本当は誰にも背負えないものを、本当に誰も背負わなかったなら、決してたどり着けない場所もある。

時任さんがほほ笑む。

「もしも、失敗したら？」

「慰めてあげますよ。それから、次の方法を考えましょう」

わがままで悪い魔女、なんてのは、子供の言い訳で。

もしもわがままだったとしても、優しい、良い魔女になろうとするのが、成長であるはずだ。

＊

僕はその夜のうちに、大地と話をした。

ずいぶん静かな夜だった。真空の中にいるような。風も吹かず、虫たちの鳴き声も聞こえなかった。

明日の夜、本当の母親の元に戻れるのだと知って、大地は少し泣いた。

その涙には、色々な意味があったのだと思う。家に帰れることの喜びも。現実への不安も。階段島で出会った人たちとの別れも。僕には想像ができない、もっと多くのあれも、これも。

全部合わせて、静かに泣いた。

僕は黙って彼の頭に手を置いていた。

「さよならを言う相手は、決まってる？」

大地は僕の手を載せたままの頭を振る。

「言わないよ。だれにも」

そう、と僕はささやく。

今夜はやっぱり、ひどく静かで、音のない彼の涙まで聞こえそうだった。

6

四月一六日、金曜日。

昼休みに僕は、屋上に向かった。

変わらずそこには、一〇〇万回生きた猫がいる。フェンスに背を預けて座り込んで、紙パックのトマトジュースを飲みながら本を読んでいる。

彼は本から顔を上げて、僕にほほ笑む。

「やあ」

僕も軽い挨拶《あいさつ》を返して、彼に向かって歩み寄る。

話題はなかった。とくに、なにも。でもただの時間つぶしでもなかった。僕は黙り込んだまま、彼の隣に座る。

一〇〇万回生きた猫は、しばらく手の上で本を開いたまま僕の方をみていた。やがてその本を閉じて、彼は言った。

「ずいぶん楽しそうじゃないか」

思わず笑う。あまりに的外れで。

「それ、冗談なの？」

彼の方も、薄く笑った。

「オレは冗談を言ったことがない」

「ならどんなところが楽しそうにみえたのか、ぜひ教えて欲しいね」

「さあ。でも、普段とはなんだか違うようにみえた」

「それで？」

「それだけだよ。他に、どう声をかけろっていうんだ」

一〇〇万回生きた猫は、言葉というものを繊細に扱う。強い力を持つ、場合によっては簡単に相手を傷つけてしまうものとして。その姿勢は堀に似ている。

だから目の前にいるだれかが悲しそうにみえても、苦しそうにみえても、なるたけ明るい言葉を入り口に選ぶのだろう。僕は一〇〇万回生きた猫の、そんなところも気に入っている。

「今夜、ひとりの少年が、この島からいなくなるんだよ」

「へえ。失《な》くしものがみつかったのかい？」

「そうじゃない。たぶん、失くしものなんてどこにもなかった」

初めから大地は、彼自身の全部を持っていた。ただその中に、彼が欲していたものは含まれていなかった。

「悲しいことじゃないんだ。こんなの、別に。でもなんだか寂しくて」

「寂しくない別れよりは、ずっといいさ」

「どうかな」

「努力は苦しいよりも、苦しくない方がいい。喧嘩は悲しいよりも、悲しくない方がいい。でも、さよならは違う。きちんと寂しい方がいい」

僕は想像する。理想的な別れを。いちばん、綺麗《きれい》な別れを。

どれだけ思い浮かべても、それらの場面はやはり寂しかった。美しく、楽しい別れというものは想像できなかった。たったのひとつも。

「彼はね、誰にもさよならを言わずにここからいなくなるつもりなんだ」

「へえ。それはよくないな」

「よくないのかな？」

「大切だろ。挨拶は」

「でもね、上手く言葉が思い浮かばないことだってあるだろう？　言葉にできないものを無理やり言葉にする必要はない」

「なにに対して？」

「ん？」

「なにに対して、必要じゃないんだ？」

そう尋ねられて、僕は黙り込む。

一〇〇万回生きた猫は続ける。

「生きるために？　楽しむために？　明日、気持ちよく目を覚ますために？　なんだっていい。でもなにかしらの前提がないと、必要だとか、不必要だとかは語れないだろ」

ああ。その通りだ。

でも言葉にできない前提もある。

「彼には、なんの責任もないんだよ。たったひとつだってあっちゃいけないんだよ。この世界が、正しく綺麗なら。僕が言いたいのは、そういうことなんだ。言いたくないことを、無理に言う責任もない」

一〇〇万回生きた猫は、少し驚いたようだった。

口元にうっすらと浮かべていた笑みを消し、まっすぐに僕をみる。

「なんだ。いなくなる少年っていうのは、君のことじゃないのか」

「僕だと思っていたのか？」

「最近の君は、なんだか今にも消えてしまいそうだったからね。じゃあいったい、誰なんだ？」

「秘密だよ」

僕が勝手にぺらぺらと喋《しゃべ》ることじゃない。

一〇〇万回生きた猫は小さな咳払《せきばら》いをして、話を戻した。

「なんにせよ、挨拶というのは責任でするものじゃない。自分のためのものだ」

「挨拶をして、なんになる？」

「あとから思い出せる」

「思い出せないといけないものなの？」

「思い出せない別れなんて寂しくないだろう？　ただ悲しいだけだろう？　悲しいのはいけないよ」

彼の話は、いつになく乱暴に思えた。道筋が整えられていない。過程が省かれ、いくつかの言葉には過剰に意味が与えられている。でも、言いたいことはなんとなくわかった。

「話を変えてもいいかな？」

「どうぞ。ご自由に」

「君には、好きな色がある？」

僕がそう尋ねると、一〇〇万回生きた猫は、しばらく考え込んでいた。

やがて首を振って、彼は答える。

「さあ、難しいな。どの色だって、それぞれに良いところがあるだろう」

「赤にも、黒にも」

「何色だって。子供がクレヨンで描いた絵を想像してみればいい。そこに、美しくない色なんて、ただのひとつもない」

まったくだ。

たしかに、どの色だって綺麗だ。

一〇〇万回生きた猫は、笑って首を傾《かし》げてみせる。

「君には特別に好きな色があるのかい？」

「うん。ある」

「聞かせて欲しいな。とても興味深い」

相手が一〇〇万回生きた猫でなければ、こんな話はしなかっただろうと思う。こんなにも個人的な話は。

「とてもとても綺麗な群青色《ぐんじょういろ》をみたことがあるんだよ。それは夜空の色だった。いくつもの星が照らす色だった。わかるかな？」

「イメージはできる。たしかに、綺麗な景色だ」

「うん。綺麗で、でもどこにもない色だ」

「そうかい？　この島の夜空は、そんな風にみえることもある」

「じゃあもう、ここにしかない色だ」

捨てられた僕たちが身を寄せ合って暮らしている、階段島にしかない色だ。

真辺由宇が一筋の光みたいなら、僕たちは誰だって、元々はそれだった。純真でまっすぐな輝きだった。満天の星空みたいに。

でも多くの人は、その光のままではいられないのだろう。どこかで、なにかを受け入れて、あの群青色から脱落していくのだろう。流れ星みたいに、ひとつ零《こぼ》れて、またひとつ零れて、もういつの間にか空に光はない。

――知ってたんだ。そんなこと。

きっと僕があの星空を、初めて見上げたときから。僕を圧倒した群青色は、あの夜だけの、脆《もろ》い色だった。

「すべての星が落っこちたなら、夜空はきっと、真っ暗だろうね」

「ああ。それはそうだろう」

「でもずっと遠くにひとつだけ、まだ星が浮かんでいたなら、その空は何色かな」

「黒だよ。ほとんど」

「じゃあその星が、途方もなく明るかったなら。太陽と同じくらい強く僕たちがいる場所を照らしたなら、その空は何色だろう」

「青」

短く答えて、一〇〇万回生きた猫は笑った。

「そういえば君は、ピストルスターが好きだったな」

「よく覚えていたね」

「そりゃあ覚えているさ。君の落書きは、ずいぶんこの学校を騒がせた」

僕の大好きな星。

遠い遠い場所にある、途方もなく明るい輝き。

まるで僕自身の言葉みたいに、一〇〇万回生きた猫は言った。

「でもピストルスターの光は、オレたちまで届かない」

「うん」

「ならその星がひとつきり残されていても、空の色はまっ黒だ」

「うん。でも、夢はみられる」

「夢？」

「光が届かないのは、離れすぎているからだよ。なら、近づけばいい。一歩ずつ、確実に」

「なるほど」

妙に真剣に、一〇〇万回生きた猫が頷《うなず》く。

その様子は冗談みたいで、やっぱりなんだか笑ってしまう。

「そうできたなら君の空は、いずれまた群青色に染まるだろうね。もっと近づけば、綺麗な青空になるだろう。この空にひとつきりでも、どれだけ遠くても明るい星が残されていたなら、その青空を夢みることはできる」

僕は頷く。

「実際には、そうならなくってもいいんだ」

ピストルスターの輝きが、僕を照らさなかったとしても。美しい青を夢みていられれば充分だ。

「よくわかる」

　一〇〇万回生きた猫が、優しくほほ笑む。

「希望は大切なものだ。きっとなによりも、綺麗で価値のあるものだ」

　僕の方も笑った。

「僕もそう思う。でも知り合いには、それが大嫌いな女の子がいる」

　希望は危険だと安達は言う。

　いや、実際に、そう言ったわけではない。でもすべての行動でそう主張している。だからひとつの星に憧《あこが》れ続ける僕は、あの子に嫌われているのだろう。

　まるで慰めるみたいに、一〇〇万回生きた猫は言う。

「気にすることはない」

「そうかな？」

「うん。一〇〇万回の人生で、オレが学んだいちばん大切なことだ。綺麗なものは綺麗なまま扱うのがいい。そうできないのは、子供じみたプライドでものの見方がひねくれているだけだよ。まともに生きていないだけだ」

「なるほど」

　僕は曖昧《あいまい》に頷く。

「君だって知ってただろ？」

にやりと笑って、彼は続ける。

「初めからそれを知っていたから、君は好きな一冊に、あの絵本を選んだ」

彼は相手が誰であれ、最初に出会った相手に、いちばん好きな本を尋ねる。僕はその質問に、『100万回生きたねこ』と答えた。そのときから彼は、一〇〇万回生きた猫になった。

彼の言うことが、どこまで正しいのかわからない。僕はもう、その一冊を選んだときの心境を覚えていない。はっきりとわかるのは、彼がいつだって僕を代弁して背中を押してくれることだけだ。それはまるで、優れた一冊の物語みたいに。

僕は言うつもりのなかった言葉を口にする。

「君に、さよならを言ってもいいかな」

本当はこんな話をするつもりじゃなかった。でも僕は、一〇〇万回生きた猫との、最後の会話を覚えていたかった。いつか思い出して寂しくなりたかった。

「やっぱり、君がいなくなるのかい？」

「違うよ。ちょっと、旅に出るだけだ。すぐに帰ってくるかもしれないし、ずっと先まで帰らないかもしれない。それに――」

僕が言葉を途切れさせて、一〇〇万回生きた猫が続きを補う。

「それに、もう二度と帰ってこないかもしれない」

「もしかしたら、そうなるかもしれない」

今日が本当のさよならになることも、あり得ないわけじゃない。

「どこに行くんだい？」

「ちょっと遠くの、青空まで」

「それはいいね」

一〇〇万回生きた猫はまた笑う。

それから、祈りのように彼は言った。

「君の旅が、優しいものでありますように。あんまり寒い夜だとか、お腹《なか》を空《す》かせる夜だとかがありませんように。雨が降るときには屋根の下にいられますように。歩くのに疲れたなら、少し腰を下ろせる場所がみつかりますように」

僕はふっと、小さな声で笑った。

「ありがとう。でもそんなにも長い言葉を、上手《うま》く思い出せるかな」

「じゃあ、確実な方にしようか」

そして彼は、忘れようのないことを言った。

「君が堀の前から消えるなら、この先の彼女の悲しみは、みんな君のせいだ」

僕は彼の隣から立ち上がる。

「覚えておくよ」

さようなら、と僕は言った。

さようなら、と彼は応《こた》えた。

僕は歩き出す。架空の青空に向かって？　そんなわけはない。

でも、少しでもそちらに近づく方に足を踏み出す。

＊

夜中にこっそり、三月荘を抜け出そう。

――失《な》くしものがみつかったから、僕はこの島を出ます。今まで、本当にありがとうございました。心配しないでください。

こんな風な、置き手紙だけを残して。

大地とはそう話していた。まるで家出の計画みたいだ。

物事は予定通りに進むはずだった。大地はハルさんや、寮生たちの似顔絵を描いて、置き手紙に同封した。そして普段よりも早い時間に眠った。

僕たちは午前二時を少し回ったころに寮を出た。荷物はなにも持っていなかった。誰にもみつからなかったはずだ。

でも、いったいなにがあったのだろう？

大地が寮を振り向いたとき、まっくらだった窓のひとつに、ふいに光が灯った。管理人室だった。

そのとき、僕たちは手を繋《つな》いでいた。大地は身体《からだ》の動かし方を忘れたみたいに、じっと窓から漏れる光をみつめていた。

「大地」

と僕は声をかける。小さな声で、できるだけ優しく。

彼はその窓をみつめたまま、言った。

「僕、やっぱり挨拶をしてくるよ」

「無理をすることはないんだよ」

「うん。でも、お礼を言わなくちゃ。ごはんも、寝るところも、この服も、みんなハルさんにもらったから」

「そう」

「ちょっとだけ、待っていてくれる？」

「急ぐことはないよ。ゆっくり話しておいで」

大地が僕の手を放す。

彼は数歩歩いて、それから走って、寮の中に戻っていった。僕は玄関のドアをしばらくみつめていた。四月の夜はまだ寒い。コートを着てきてもよかったかな、と少しだけ後悔した。

後ろから、声が聞こえる。

「七草くん」

堀の声だ。聞き間違えるはずもない。

微笑《ほほえ》んで、僕は振り返る。

「やあ。こんばんは」

「こんばんは」

月明かりに照らされた堀が、そこに立っている。

きちんと向かい合って彼女と話をするのは、あの夜以来だった。僕が書いた手紙について話をした、あの夜だ。

堀は苦笑のような表情で、きゅっと眉《まゆ》を寄せる。

「余計なことを、したかな」

「ハルさんのこと？」

「うん」

僕は首を振る。

「よかったと思う」

僕には、その勇気がなかったけれど。なんであれ大地がしたくないことを、彼にしろとは言えなかったけれど。

でも、一〇〇万回生きた猫の方が正しいのだろう。

さよならは、必要でなくともあった方が良い。あの子自身のために。

一方で僕は堀との会話に迷っていた。まるで、僕の方も、言葉に臆病《おくびょう》になってしまったみたいだった。

「まだ、ちょっと寒いね」

と僕は言ってみる。

「温かく、する？」

「君は？」

「私は、大丈夫」

「じゃあいいかな。寒いのは嫌いじゃない」

冷たい空気は清潔な感じがする。

もう一度、窓から漏れる光に目を向ける。その先で、大地とハルさんはどんな話をしているだろう。大地は泣いているだろうか？　ハルさんは？　わからない。ふたりはどんな風に、さよならを言うだろう。

僕はまっすぐに堀と向き合った。

ずっと気になっていた、でも尋ねる必要はないだろうと思っていたことを、尋ねる。

「君にとって、僕はだれなの？」

堀は困った風に首を傾げる。

「だれ？」

「小学生のころに君に出会って、ずっとこの島で過ごした僕がいる。それとは別に、真辺と一緒にいた僕もいる。ふたりの僕が混じり合っている」

「七草くんは、七草くんだよ」

「でもやっぱり、考え方が違うふたりがいる」

本当に大切なものも、堀に向ける感情さえも違う。

堀は長いあいだ、考え込んでいた。以前の彼女みたいだった。ひとつだけ違ったのは、そのあいだに彼女が、様々な表情を浮かべたことだ。少しだけ笑ってみたり、気難しげに口元に力を入れたり、瞳《ひとみ》を潤《うる》ませたり。感情が素直に表に出ていた。

僕はその表情をじっとみつめていた。きっと彼女の頭の中で、生まれては消えていく、いくつもの言葉を想像した。具体的な意味を考えていたわけではない。ただ、クリスマスのイルミネーションみたいに、灯《とも》っては消えてまた灯る光のような言葉の景色を想像した。

やがて堀が口を開く。

「七草くんは、やっぱり同じだよ」

「そうかな」

「少しは違うかもしれないけど。たぶん、昨日の貴方《あなた》と今夜の貴方が違うくらいのものだよ」

「もうちょっと違う気もするな」

「違っても、同じで。なんだろう」

堀は軽くうつむいて、ほほ笑む。

「私の言葉がだれかに届きますように」

と、彼女は言った。澄んだ声で。

「ずっと、私はそう言ってたんだよ。なんにも喋らないくせに、馬鹿《ばか》みたいだけど、本気で。声にしていない言葉の返事を待っていたんだよ」

「別に、馬鹿みたいじゃない。誰だってそうだろ」

誰にだって。

声にならない、できない、するべきじゃない。形もわからないから辞書を引いてもみつからない言葉が、誰の胸の中にもあって、その返事を待ち続けているものだろ。

「七草くんは、それに返事をくれる人だよ。どの七草くんも、変わらず」

そうだろうか。

「僕はそんなに賢くも、優しくもないと思うけど」

声にならない言葉を聞けるほど、良い耳は持っていない。それをみつけられるほど、よい目だって僕にはない。もしも、なにかを察することができたとして、それに答えられるほど優しくない。

なのに堀は首を振る。

「七草くんは、優しいよ。でもたぶん、優しさじゃなくて。もっと純粋なものだよ」

「優しいのは、純粋じゃないの？」

「ううん。でも、もっと。相手のためじゃなくて――」

堀はまた口をつぐむ。

一所懸命に言葉を探している。

僕はじっと、彼女の言葉を待つ。この時間は嫌いじゃない。

堀は言った。

「相手のための優しさじゃなくて、自分に誠実だから、七草くんは声にならない言葉まで聴こうとするんだと思う。私には、それが、とても純粋なものにみえる」

なんだか罪悪感があった。過剰に評価されているようで。

僕はそれほど誠実でも、純粋でもない。そのとき、そのときを、なんとかはぐらかして過ごしてきた。

今だってそうだ。

きっと、堀と話し合うべきことはいくつもある。僕の方から言わなければいけない言葉がある。たとえば彼女は、僕の考えを魔法で覗いたことに、罪悪感を覚えているだろう。そのことを指摘した方が、もしかしたら優しいのかもしれない。指摘して、彼女の正しさを説明した方が。でも僕には上手く喋れない。

——ねぇ、堀。

声にならないものを、胸の中でささやいてみる。

——僕は、ふたつの星を見上げているんだよ。

より優しいのは堀で、より誠実なのは真辺だ。どちらが純粋なのかと問われれば、それはやっぱり真辺だろう。でも、純粋であれば良いのかというと、答えは違う。どちらが正しいのかと言われれば、ずっと堀の方だ。

僕は。僕は。

今夜、この子に言わなければいけない言葉があるはずなのだ。どうにかこうにか、声を絞り出す。

「僕は、君が大好きで。君の言葉に、全部答えたいよ。でも——」

でも。なんて冷たい音。でも。

「君は、僕の理想の魔女だ」

ひとりの女の子としてではなく、この島を支配する魔法の持ち主として、この子を扱う。

「うん」

堀は頷いた。

「私の魔法を最初に信じてくれたのは、七草くんだった。それが私の、声にできない言葉だった。だから私は、わがままな魔女になる」

ハルさんの部屋から漏れる光は消えなかった。

でも、玄関のドアが開く音がして。僕は一瞬、そちらをみて、大地と目が合って。

もう一度、正面に向き直ったときにはもう、堀はそこにいなかった。

＊

大地の手を取って歩く。

暗い夜道では、顔がよくみえなかった。だからハルさんとの別れで、彼が涙を流したのかはわからないままだった。ただ、感情的に震えた声で大地は言う。

「もうハルさんには会えないのかな？」

僕は首を振る。

「会えるよ。会いたいときに」

この小さな少年の、ささやかな安らぎを、だれも奪ってはいけない。

だから彼に対して、魔女の世界はその扉を開いていなければならない。

「魔女にお願いしたんだ。いつだって君がまた、ここに遊びにこられますようにって。だから君は、いつまでも階段島を失くしてしまわないんだよ。ここでの生活は、君の一部として残り続けるんだよ」

この子の、僕に比べてさえずっと短い人生には、冷たく高い壁があって。この子にとってのゴールはその先にしかなくて、だから立ち尽くしている。

僕には、その壁を壊すことができない。最初から無理だろうと思っていたし、今もまだ上手い方法をみつけられていない。それでもこの子の全部を諦《あきら》めたわけではない。

「ハルさんには、また会えるよ。佐々岡や、真辺や、僕にも。こっちにいる、美絵さんや三島さんにも。君はなにも捨てずに、お母さんのところに戻るんだ」

だってそれが、堀が目指した魔法なのだから。

捨てたい自分に寄り添って。たとえばこの少年には、大人になりたくて、できるなら捨ててしまいたかった子供の彼がいた。その彼に寄り添って、問題の本質を解決できなくても、優しく守り続ける。それが、堀の魔法のすべてなのだから。

彼女の魔法を、諦めることはない。大地の幸せがこの島にはなかったとしても、いつまでだって祈り続ければいい。

暗闇《くらやみ》の中で、たぶん、大地は笑ったのだと思う。

「そうだったら、いいな。また、みんなに会えたら」

「大丈夫だよ」

だいたいは悲観的な僕だって、このくらいは信じられる。

「誰だって、君の味方なんだ。本当に。誰だって。みんな君が、大好きなんだよ。だから、大丈夫」

大地は少しだけ、返事に迷ったようだった。彼はおそらく、僕ほどは、彼自身の価値を信じられないのだろうと思う。でも誠実な彼は答える。

「うん。ありがとう」

僕たちは階段を上る。

階段島を捨てるためじゃない。この島の全部を持ったまま、新たなひとつを獲得するために。

理屈はない。確信もない。だけどきっと、嘘《うそ》じゃない。

この子の手を引いている、今だけは信じられる。

僕たちはなにも捨てないまま、未来へと進んでいける。

階段島にたったひとつの学校を越えて、僕たちはちぐはぐな、高さもまばらな階段を上る。辺りは濃い霧で満ちて、僕たちの高度もわからなくなるけれど、不安の欠片《かけら》もありはしない。

ぽつり、ぽつりと会話を交わす。この島の思い出を。

大地が言った。

「僕はやっぱり、ババ抜きが好きだよ。最初にやったから」

「みんな、君に勝ってほしいと思ってたんだ」

「そうなの？」

「うん」

「どうして？」

「君と同じだよ。自分が勝つよりも、そっちの方が嬉《うれ》しいから」

「そっか」

「うん」

この島での出来事で、相原大地はどれだけ変わったのだろう。これからの彼の生活が、相原大地をどれだけ変えるのだろう。

いくらでもいい。変わっても、変わらなくてもいい。僕たちはみんな、大地を愛している。彼の幸せを願っている。

「好きなものが、たくさんできたんだよ」

大地の声が、また少し震える。

「ハルさんが、まいにち作ってくれるお味噌汁《みそしる》が美味《おい》しかった」

大地は、ぽつりぽつりと続ける。

涙を落としながら歩くみたいに。

「みんなでゲームをするのも好きだった。自分でやるのも楽しいけど、後ろでみているのだって。おやすみなさいと言ったら、同じように答えてくれるのが嬉しかった。でも、おはようの方がもっと好きだった」

僕はもう、黙って彼の声を聞いていた。

ひと言も聞き逃したくなかった。全部、覚えていたかった。夜眠ったとき、もしもこの場面を夢にみえたならどれほど素敵だろう。僕がこのさき生きていく上で、どれほど励みになり、物事を決める指針になるだろう。暗闇の中で、一筋の光のようにみえるだろう。

「ひとりで寝なくていいのが好きだった。片づけを手伝ったら、ありがとうって言ってくれたのが嬉しかった。勉強も、楽しかったよ。答えを出したら、褒めてくれるから。こんなことで褒められていいのかなって思った。でも、やっぱり嬉しかった」

彼の言葉が、不意に途絶えて。

そのまま僕たちは、一〇段くらいを上って。

なんだか彼には同じことばかり言っている気がする。そう思ったけれど、やっぱり僕は言う。

「その全部が、君のものだ」

僕からこの子に伝えられることは、他にはない。

「これからも、ずっと、いつまでも君のものだよ」

「うん」

握り合った手に、大地が力を込めて。

それでまた彼の温度が上がる。春の夜を暖かにする。

「だから僕は、もっとたくさん、ありがとうって言わないといけないんだ。たくさんもらったから、同じだけ、たくさん」

そうじゃない。

僕は首を振る。

「君だけが、もらったわけじゃない」

大地の声で、確信できる。

もしも堀の魔法が完全ではなかったとしても。そのすべてを合わせても、届かないものがあったとしても。

奇跡でなくても。幸福に足りなくても。決して無意味じゃない。ただ悲しいだけじゃない。この島での生活が大地に、いくつかの、ささやかなプレゼントをできたのなら、それと同じだけのものを僕たちも受け取った。

やがてうっすらと霧が晴れはじめる。

月明かりに照らされて、少年が立っている。独りきりで、寒そうに。

向こうの相原大地が、純真な瞳でこちらをみている。

僕はもう、相原大地が捨てたものを知っていた。

＊

大地が初めて魔女に会い、自分を捨てたときのことだ。

「大人になりたいんです」

と、彼は言った。

「だから、子供の僕を捨てたいんです」

あのとき、魔女だった堀は、じっと大地をみつめていた。

彼女は苦しげな声で尋ねる。

「子供とは、なんですか？　大人とは、なんですか？」

大地はその質問に答えられない。

長い、長い沈黙のあとで、堀は続ける。

「その答えがわからなければ、貴方から、子供を引き抜くことはできません」

大地の方は、まだ黙り込んでいた。必死に答えを探していた。

やがて、大地は涙を流す。

まだあどけない彼には似合わない、なんだか大人びている涙を。

堀が、大地の前にしゃがみ込む。目線を合わせて、優しく問いかける。

「これから、それを探しませんか？」

「それ？」

「子供を、大人にするもの」

大地は泣き顔のまま、頷く。

堀の方は、仄《ほの》かに笑う。きっと感情というよりは義務感で。でもその義務感も、たぶん感情で。

「では、貴方を受け取ります」

そして堀は、大地の頭に手を置く。

大地は尋ねる。

「僕は、なにを捨てるの？」

堀は答える。

「全部。あるいは、なにも」

少年から少年を引き抜くことなんて、できるはずもない。

子供からなにを引き抜いても、大人が残ることなんて、ない。

だから堀が、大地から受け取ったものは、彼自身だった。

「貴方のちょうど半分を、私に預けてください」

なにもかもを、半分ずつ。

階段島の大地も、現実の大地も、半分ずつすべてを持っている。

「大人とは、なんなのか。どちらかの貴方が、みつけられればいいですね」

あくまでひとりの魔女として、堀はそう言った。

＊

そして今、階段の途中で、半分ずつの大地が向かい合っている。

こちらの大地が、僕の手を放した。

彼は僕を見上げて笑う。

「ありがとう」

僕の方も、同じ顔で笑う。自然に同じ言葉を返す。

「ありがとう」

それから彼の背中を、軽く押した。

大地が大地に、歩み寄る。一段ずつ確実に。僕に背を向けた大地はきっとほほ笑んでいる。その表情を、階段の上の大地はじっとみつめている。

半分ずつの大地が、近い距離で向き合って、同じ月明かりに照らされる。

まず口を開いたのは、現実にいた方の大地だった。

「どうしたら大人になれるのか、わかった？」

階段島の大地は首を振る。

「たぶん、僕はまだ、大人にならなくてもいいんだ」

僕はふたりをみつめている。ここにいることが、なんだか不純な気がした。でも目を逸《そ》らしもできなかった。

「どうして？」

と現実の大地が尋ねる。

「子供のままで、いろんなものをもらったから」

と階段島の大地が答える。

なんだか照れたように、首の後ろに右手を回して、彼は続ける。

「それをたくさん集めたら、大人になれる気がする。だから僕はまだ、子供のままでいいよ」

「そっか」

現実の大地が、顔をしかめる。ちょうど泣き顔と笑顔のあいだみたいな顔だった。

「僕もちょっとだけ、そんな気がしてたんだ」

ふたりはたぶん、深い場所で繫がっている。ひとつに重なり合おうとしている。夜風も、星の光も、ここにあるすべてがそれを邪魔しない。

「ねえ、僕、お母さんが大好きだよ」

「僕も」

「ほかにも、大好きなものがたくさんできた」

「うん」

「じゃあ、一緒だね」

「一緒だ」

僕は彼に背を向ける。

どちらがどちらの声だか、わからなくなる。

今はもうそれを区別する必要もなく、本当に、彼がふたりだったのかもわからない。

ただひとつだけ。大地は大地のまま、階段を上る。それがあんまり綺麗で、嬉しくて、その綺麗なものを残して僕は反対に歩き出す。

やがて、大地の声は聞こえなくなる。

僕を照らさない光になる。でも僕は、それがたしかにあることを知っている。

一度だけ、段上を振り返りたくなった。同じだけ、振り返りたくなかった。けっきょく僕は前を向いたまま階段を下る。春の夜は少し寒い。

霧は晴れたままだった。

やがて階段の下に、彼女の姿が現れる。

彼女はいつも通りのまっすぐな瞳で、僕をみつめている。

7

真辺由宇。

まっくらな夜の空の、たったひとつの光に似ている。

まるで脆く、か細く、壊れそうな潔癖なもの。

彼女は言った。

「大地は、帰ったの？」

「うん」

「そう。これから、どうする？」

「どうって？」

「これでお終《しま》いじゃないでしょう？」

「いいや。お終いだ。僕の方は」

完全ではない。幸福には届かない。見方によっては気持ち悪くもある、でも僕が信じられるひとつの結末。

僕は彼女の視線を辿《たど》るように、まっすぐに階段を下る。

「堀の魔法は、これだよ。今の大地が、彼女の魔法の全部だ。僕たちがやりたかったことそのままだ」

だからこちらは、これでお終いだ。

真辺は首を振りもしない。ただ否定する。

「私は違う」

もちろん。ずっと、ずっとそうだ。誤魔化しようも、誤魔化す必要もない。どうしたって堀は僕にとってのテーゼで、どうしたって真辺は僕にとってのアンチテーゼだ。

ふたつの星。ふたつの輝き。

僕は堀の味方であり続け、真辺の敵であり続ける。

どちらも捨てられない。捨てたくもない。僕にとっての夜空のすべて。

なんて気持ちがいいんだろう。

「じゃあ、真辺。話をしよう。いつまでだって、どこまでだって」

僕たちは対立しあっていよう。ここにいることに幸せを感じていられる限り。もしもそれが永遠なら、いつまでだってこのままでいい。僕たちの楽園にいよう。

真辺由宇が頷く。

ほんの短い時間のあと、再び目が合ったとき、彼女はほほ笑んでいる。

「大好き」

まるで唐突に、彼女は言った。

僕は彼女の言葉を自然に受け取る。意味を間違えはしない。

「僕もだよ」

誰もが、止まらない時間の流れの中にいる。まるで時計の秒針みたいに、一歩ずつ進み、その歩数だけ呪いを受ける。あんまり呪いが重たくて、星々は空から落下して、群青色はもうない。

その中で彼女の瞳だけが、不変にみえた。

ふと記憶に浮かんだのは、僕が知っている、彼女の最初の思い出だった。一匹の犬に関するエピソードだ。

事故に遭った犬を、真辺は迷わず抱き上げて、駆け出して。

僕はそのあとを追いかけた。いつまでだって追いつけない気がしていた。でも、必死に走った。

大丈夫、って繰り返し、真辺は言ったのに。でもその犬は死んでしまって、だから彼女は、大声で泣いた。なのに彼女は変わらなかった。躊躇《ためら》いなく駆け出す真辺由宇であり続けた。ずっと。今もまだ。

なにもかもが変わっていく中で、取り残されたようなその光。

幼いころ、僕が群青色の空に圧倒されたのは、自然なことだったのだろう。誰だっていつかはその景色に憧れ、その光のひとつであろうとしたのだろう。無数に輝く、群れた青のひとつに。

なのに今、彼女の光は群からはぐれて。それでも悲しみもせず、躊躇いもなく、自身の孤独にも気づかず高貴なままであり続ける。

真辺由宇はたったひとりで、僕を圧倒する青になり得るだろうか。

この物語はどうしようもなく、群青色の空でピストルスターに出会ったときから始まる。

そして群青色を失ってもなお、その星の輝きの物語であり続ける。

三話、失くしものはみつかりましたか?

1　真辺

暗闇《くらやみ》の中にいるような気持ちになることがある。

探し物はすぐそこにあるはずなのに、私の目には映らない。だから必死に手で探る。

だが、触れたものさえみえない。ほんの小さな明かりが、たったひとつでもあればすべてが変わるはずなのに。

その光が、七草《ななくさ》だった。明るく温かなものだった。

階段の上に立つ彼と向き合って、微笑《ほほえ》む。

――ずっと、私たちはこうだ。

彼は私よりも少し高い位置にいる。私は彼を見上げている。同じ場所に立とうとは思わない。でも、たしかに向き合っている。

そのことが嬉《うれ》しくて、安らかで。

だから、言った。

「大好き」

彼が、そこにいる。目をそらさないでいてくれる。間違いなく私の声を聞き、間違っていたなら反論をくれる。

七草が目の前にいるのであれば、躊躇《ためら》いなく駆け出せる。いつまでだって走れる。足を踏み出す先を、世界の小さな一部を、信じ続けていられる。

「僕もだよ」

と彼が言う。

それでもっと嬉しくなる。いますぐ走り出したくなる。

私は感情をそのまま言葉にする。

「じゃあ、大地を助けに行こう。今すぐに」

七草は笑った。あきれた風に。

「君はいつだって、ヒーローみたいだ」

「そう？」

「うん。なんの力もないくせに」

「なんの力もない人なんて、いる？」

「いない。でも誰だって、できることには限りがある」

「そんなこと気にしてられないよ。目の前には問題があるんだから」

「その問題は、君が足を踏み込むといっそう大きくなるかもしれない。責任が怖くない？」

「怖いよ。でも、なんにもしなければ、なんの責任もないってわけじゃないでしょ」

誰だって、私だって、まったくの無力ではないのだから。

なら進まなければならない。秒針の音に歩調を合わせて。

「それに、私にはきみがいる」

「だから？」

「きみがいるなら、私は間違えられる」

独りきりではないなら。こちらをみつめる目があるなら。

世界と繋《つな》がっていられるなら、私の間違いは正される。

「きっと、きみの言う通りなんでしょう。私にはほとんど、なんの力もないんでしょう。だから、きみの目に身をさらしている。きみの声を聴いている。私が間違っているのなら、きみが私を否定してくれる」

彼を信頼している。まがいもなく。

だから私は私でいられる。

自然、笑みが大きくなった。

「早く始めようよ」

彼は四、五秒のあいだ、うつむいて。下を向いたまま溜息《ためいき》をついて。

次は夜空を見上げて、言った。

「安達《あだち》」

返事は聞こえなかった。

辺りを見回しても、この階段に彼女の姿はない。

「安達さんが、どうかしたの？」

「約束をしていたんだよ。僕はこれから魔法を借りる。君の願いを、一度だけ叶《かな》えられる魔法を」

「一度だけ？」

「うん。君は、なにをしたい？」

「大地《だいち》の幸せをみつけたい」

「どんな幸せ？」

「わからない。でも、誰の目からみても間違いのない幸せ」

「とりあえず、君の目からみても」

「うん」

「じゃあ、そうしよう」

七草はとくに、なにをしたわけでもなかった。瞬《まばた》きよりも少し長い時間、目を閉じてまた開いただけだった。

それで周りの景色が一変した。

私と七草は公園に立っていた。知っている公園だ。幼いころ、七草と何度も行った公園。中学二年生で転校するときに、彼にさよならを言った公園。

七草の静かな声が聞こえる。

「君のための魔法を使った。大地の幸せを探すための」

「どうなったの？」

「まだどうにもなっていない。これまで、君がしてきたのと同じだよ。僕たちは自由にこの世界を作り変えて、時間を進めたり巻き戻したりして、いくらでも大地の未来をシミュレーションできる。他のことはできないけれど、僕たちには充分だよね？」

「うん」

「時間制限はないよ。何度だって、いつまでだって、君の理想を探し続けよう。君が疲れ果てて、諦《あきら》めてしまうまで」

最高だ。夢みたいだ。

どんなに困難な目標であれ、無限の時間があったなら、達成できないはずがない。

どこまでも走れる。どこにだって行ける。

その先でみえる景色はきっと、想像もつかないほどに美しい。

2 七草

真辺由宇《まなべゆう》の世界に、僕はいた。

本当は安達が、時任《ときとう》さんから借りた魔法で作った世界だ。でも安達はここのすべてを僕たちに明け渡した。僕たちの思い通りに、この世界は姿を変える。

真辺はこの世界で、折れないままいられるだろうか。か細く身を削りながら、何万光年だって先まで届く輝きみたいでいられるだろうか。

僕は彼女の姿をみつめている。

いつまでも彼女がそのままであればいいと思う。本当に。

＊

魔法によってシミュレーションされる相原《あいはら》大地の未来は、もちろん幸福なものではなかった。

現実の僕と真辺は、多少なりとも彼の安らぎになれているようではある。あちらのトクメ先生は誠実に大地と向かい合っている。夜になると大地はマンションで母親とふたりきりになるから、やはり辛そうだ。でも眠りにつけば、彼は再び、階段島を訪れることもできる。そこにはハルさんも佐々岡《ささおか》もいる。船に乗れば、まるで本物のような両親にも会える。魔女の世界の美絵《みえ》さんは、少し不器用に、でも疑いようもなく大地に愛情を注ぐ。三島《みしま》さんは変わらず、なにもかもを諦めている。それでも彼がいることは、大地にとってマイナスではないはずだ。大地はもう、彼とまっすぐに対話するだけの強さを持っている。自分自身できちんと悩み、三島さんの言葉の一部を受け入れ、一部を否定できる。そして成長していく。

　大地がやがて、中学生になって。高校生になって。彼の日常が広がって。僕の知らない誰かと笑い合い、僕の知らない誰かと手を繋ぐ。

　まるで幸せみたい。でも。

　美絵さんは大地を避け続けていた。自身の子を愛することを怖れていた。なのに大地は全力で母親を愛していた。だから彼の日常は、いつまでも悲劇的だった。もしも彼が笑っても、その下に暗く冷たいものが流れていた。

　僕は繰り返し考える。

　――いいじゃないか。この子の幸福が、完全ではなくても。

　嘘《うそ》でも彼の笑顔を信じて、いいじゃないか。いったいどこに、完璧《かんぺき》な幸せがあるっていうんだ。誰だってなにかから目を逸《そ》らしている。

たしかに彼が手にできなかったものは大きすぎるのかもしれない。それでも彼から届く範囲にある温かなものを、幸せと呼ぶべきなんだ。それを許さないのであれば、大地と、彼に似た問題の中に取り残された人たちに対して、あまりに残酷だ。

なのに、真辺由宇は否定する。

「もっと」

と彼女は言った。

繰り返し、繰り返し言った。

「必ず、あるはずだよ。もっと綺麗《きれい》なものが」

そして魔法を使う。思いついたことを片端から試して、大地の未来を作り変える。何度だって失敗する。魔法によるシミュレーションだとわかっていても、目の前の大地に悲しいことが起こったなら、真辺は涙を隠さなかった。

僕は彼女の涙の隣で、これからの大地の生活をみつめる。

やはり鍵《かぎ》になるのは、三島さんのようだった。

三島さんが美絵さんの夢に現れると、彼女の感情がよくみえる。ふたりがじっくり話し合うほど、美絵さんが変化する。それはたいていの場合、大地にとっては悲しい変化だ。でも、かすかな手ごたえを感じたこともある。だから様々なパターンを試した。

時間は流れ続ける。

どれほどだろう？　体感では、何年も、何年も。このシミュレーションの外で真辺と過ごした時間の何倍も。彼女は飽きもせず、諦めもせず、いつまでだって理想を追いかける。

あるとき僕は、言ってみた。

「美絵さんは、根本的に矛盾しているんだ」

早い段階で予想がついていたことだ。

「彼女にとって幸せと呼べるのは、大地くらいなんだと思う。ほかにはなにもないんだと思う。でも、あのひとは幸せになりたくないんだ。ちょっとでも喜びたくないんだ。だから決して、大地を受け入れられない」

真辺は首を振る。

「矛盾なんて、存在しない」

まっすぐな声が聞こえる。思わず行き先を追ってしまうような。

「この世界のどこにも、矛盾なんてないんだよ。矛盾にみえるものならあるけれど、それはどこかで間違っている」

ああ。その通りだ。

成立しないから矛盾だ。成立しないものは、この世界にない。でも。

「感情には、矛盾があるだろ。好きで嫌いなことがあるだろ。幸せで悲しいことだってあるだろ」

「それは、矛盾じゃない。自然なことだよ」

「そうかな」

「そうだよ」

「美絵さんも？」

真辺は頷《うなず》く。

「あのひとは、幸せが怖いのかもしれない。幸せになってしまうと、なにか大切なものを裏切るみたいに感じている気がする。でも裏切りたくないのは、そうすることが不幸だからでしょう？　あのひとだって、苦しみたくないし、悲しみたくないんでしょう？　ならそれは少しでも幸せでいたいってことだよ」

僕は笑う。

「君の言葉が、まるで矛盾みたいだ」

「うん。でも、みたいでも矛盾じゃない」

真辺由宇は断言する。

たぶん、正しさを確信しているからじゃなくて。そうすることが、自分の役割だと信じているから。

「あのひとは、自分の幸せを間違えているだけだよ。だから矛盾にみえる」

わかるよ、真辺。

でも。

「間違えるしかない人間だっているんだよ」

これは一〇〇万回生きた猫と話した、怪物の話だ。本当はどこにもいない怪物。でも、本人の目にだけはみえる怪物。

美絵さんは巨大な怪物と向かい合っているのだろう。決して勝てない怪物と。だから、いつまでだって間違え続ける。

「違う」

真辺の否定は、強い。刺すように。

「間違うしかないことなんて、ないよ。正解は、必ずある」

なにか、どうしようもないものが胸に満ちて、それがあふれて僕は尋ねる。

「どうして？」

まるでずっと昔、彼女に出会ったばかりのころみたいだ。

——どうして君は、それを信じられるの？

様々な現実が、彼女の言葉を否定するのに。真辺だってきっとこれまで、いくつも、いくつもの挫折《ざせつ》を経験してきたはずなのに。今だって。この魔法の世界だって。ちっとも思い通りにはいかないのに。

「私はまったく賢くないけれど、でも、ひとつだけ知ってるよ」

真辺由宇はまるで感情がないような、無機質にしか聞こえないような、でも本当は感情の塊みたいな声で答える。

「正解がないなんて考えるのは、全部間違いだよ。ただの思い込みで、無意味だよ」

ああ。真辺。

君はいつまでだって、そこにいろ。その意味を知らないままでいろ。

だれもかれもが真辺由宇のようだったなら。この世界が、真辺由宇のようなものでできていたなら。諦めの価値を知らず、不幸を受け入れず。そんな風に、潔癖だったなら。

その世界はなんて悲しいんだろう。

なんて、綺麗なんだろう。

「君の欲しいものは、決してみつからない」

「そうかな」

「うん。でも、探し続けていろ」

僕のすべては、彼女をみつめているだけでよかった。真辺由宇の悲劇に包まれているだけでよかった。他にはなにもいらなかった。本当に。

まるでここは、あの群青色《ぐんじょういろ》の空みたいだ。

真辺が真辺のまま傷つき続けられる、僕たちのたしかな楽園だ。

それでも。

——やっぱり、間違うしかないことは、あるんだよ。

神さまにはないのかもしれない。わからない。でも、まるで神さまみたいな魔女にだってある。僕には当たり前に、たくさんある。

真辺由宇と過ごす長い時間の中で、僕はしばしば堀《ほり》のことを考えた。彼女の存在はたしかに呪《のろ》いのように、僕に深く根を張っていた。

僕はなにを捨てたのだろう？　なにを、捨てられなかったのだろう？

諦めることを、成長と呼びたくはなかった。

だとすれば今もまだ、ささやかな成長もできないまま、僕はここにいる。

＊

それはあるとき、ふいに現れた。

これまでと同じような魔法の中で。まるで真辺と、僕と、悲しいものしかないような場所で、ひとつだけ奇跡みたいに。

なにがどう影響したのかわからない。類似するパターンは、もう幾通りも試したはずだった。だからそれは、誰かのささやかな気まぐれだったのかもしれない。

繰り返される痛ましいシミュレーションの中で、僕たちがまずその変化に気づいたのは、美絵さんと、彼女の夢の中に生みだした三島さんとの会話だった。

ふたりが顔を合わせたのは、古風な喫茶店だ。三島さんの記憶から再現したものだった。ふたりにとって思い入れのある店のようで、これまでのシミュレーションで、より踏み込んだ会話をしやすい環境なのだということがわかっていた。

そのとき、喫茶店の外には雨が降っていた。季節は一一月で、紅葉したカエデの葉が一枚、窓ガラスに張りついた。美絵さんと三島さんが雨の一一月にその喫茶店で顔を合わせたことは、これまでのシミュレーションでも何度かあった。でも紅葉が窓に張りついたのは初めてかもしれない。覚えていない。

ふたりはその紅葉を気にした様子もなかった。

三島さんの方が、こんな話をした。

「病室のベッドに横たわっていると、世の中のなにもかもが、偽物《にせもの》のようにみえてくるんだよ。ぶ厚い窓ガラスで仕切られているように。窓の向こうで、だれが、なにをしようが、窓のこちらにいる私には関係ない。寒かろうが暑かろうが知ったことじゃない」

美絵さんはなにも答えなかった。ただ微笑んで三島さんの話を聞いていた。その笑みはどんな感情を表しているのだろう。

三島さんは続ける。

「こんな風に感じるのは、私が偽物になったからだろう。本物の私は窓の向こうにいたはずだ。でもその私が、消えてしまったのだろう」

美絵さんは首を傾《かし》げる。

「私も、窓の向こうにいたの？」

三島さんは少しだけ答えに迷ったようだった。

コーヒーに口をつけ、それから言った。

「こちらにいることもあった。あちらにいることもあった」

「悲しかった？」

「君が、私の側にいるときはね」

「反対じゃなくて？」

その質問に、三島さんは頷く。言葉はなかった。

美絵さんは相変わらず微笑んでいる。

「貴方《あなた》は、私のために死んだの？」

「わからない。覚えていないんだ。本当に」

「でも貴方が死ぬことで、私が楽になるだろうと思ったことはあるんでしょう？」

「もちろん。何度も」

「今は？」

「今」

「それが間違いだったって、もうわかった？」

三島さんは、今度は長いあいだ、黙り込んでいた。

彼が答えを知らないはずがなかった。なにを偽る必要もないはずだった。間を置かずに頷いて欲しかった。

でもけっきょく、彼は答えをはぐらかす。

「なにもわからない。死んでしまったら」

窓に張りついていた紅葉が、音もなく落下する。

「貴方の遺影は、笑顔の写真にしたわ」

美絵さんは言った。

「今もまだ、貴方を恨み続けている」

三島さんが、言い訳のようにコーヒーに口をつける。

雨は静かに降り続いている。


やがて美絵さんは目を覚ます。

真夜中のマンションの冷たい一室だ。

彼女はベッドの上で身を起こし、五分ほどだろうか、しばらくのあいだそこから動かなかった。やがて立ち上がり、部屋を出る。

彼女は足音をたてないように、ゆっくりと歩く。静かにひとつのドアを開く。大地の部屋のドアだった。

大地はもちろん、ベッドに横たわっている。ドアの方に顔を向けて。

その姿をみつめて、絵画のように動きを止めて、美絵さんは涙を流す。声を出さずに泣く。

僕たちは、彼女たちとは交わらない場所からその姿をみつめている。

真辺がささやく。

「美絵さんの方は、それが間違いだって、もうわかったのかな」

きっと独り言だったのだと思う。彼女にしては珍しく、相手になにかを伝えようという意思を感じられない声だった。

でも僕は答える。顔をしかめて。

「わからないわけが、ないだろ」

答えを知らないはずがない。それでも彼女は、間違い続ける。

美絵さんが大地をみつめて泣くのは、珍しいことではなかった。月に一度ほどだろうか、彼女はそうしていた。少し泣いて、またドアを閉じる。小さく空《むな》しい音を立てるのが常だった。

けれど、その夜は違った。平坦《へいたん》な声で彼女は言う。

「ねえ、起きているんでしょう」

大地は反応しない。

でも本当は起きていた。母親の声を聴いても目を閉じたままだったけれど。黙って彼女の涙を、受け入れようとしていた。

美絵さんは言った。奇跡みたいに、呪いみたいに。

「ありがとう」

僕は驚き、真辺は平然としている。

美絵さんがドアを閉めた。その小さな音が聞こえた。

暗闇の中で、大地は目を開く。じっとドアをみつめている。彼の純情で丸っこい瞳《ひとみ》がゆっくりと時間をかけて涙を流す。

真辺がささやいた。

「よかった。少しだけ」

僕は頷く。

この永遠に似た時間、繰り返されてきたシミュレーションの中で、はじめて、前に進んだ気がした。ほんのささやかでも。大地をいっそう、呪いに沈める出来事だったとしても、彼自身が望む方向に。

――これで、満足したっていいんだ。

美絵さんのひと言がみつかったことで。

それは、僕が信じた堀の魔法では届かなかった言葉なのだから。真辺由宇の瞳の先にだけあったものなのだから。真辺はもう、満足してもいい。

でも、もちろん彼女はそうじゃない。こんなもので足を止めない。

「さあ、次を探そう」

なんて素敵なんだろう。彼女の横顔は。

真辺由宇は笑いもしない。どれだけ時間がかかったかなんて意識に上りもしない。これまでにみつめてきた重苦しい場面のすべてを忘れもしない。

前だけをみている。どこまでだって進む光みたいに。

その光はいずれ届くだろうか。大地と美絵さんが笑い合う場面に。もし届いたとして、そこで彼女は立ち止まるだろうか。

――止まれると、いいね。

でもきっとそうじゃないだろう。

次を。次を。もっと先を。もっと理想を。

彼女はそれを止めない。自身の孤独を知らない。苦しみを知らない。だから、結末と呼べる場所がない。

これが、僕の愛する真辺由宇だ。

まるで希望そのものみたいな一筋だ。

なんだか涙がこぼれそうだった。僕の方が、限界だった。

――いいかい？　真辺。

君のその姿勢が。僕の信仰が。

――君の、絶望だ。

僕はなにを捨てたのだろう。なにを捨てられなかったのだろう。なんのために、ここにいるのだろう。

「どこまでだって、進めばいい」

僕は言った。

「でも君の光は、なにも照らさない」

高貴で、孤高で、美しく、自覚も意味もなく。

真辺由宇は今もまだ、世界を照らさない、誰の目にも触れない光でいる。

＊

僕が本当の意味で安達と手を組んだのは、四月二日の夜だった。

僕と安達は、見方によっては敵対し合っていた。

安達は堀の魔法を否定したがっていた。きっと堀自身のために、彼女の絶望を作ろうとしていた。安らかに諦められる終点を用意するつもりだった。

一方で僕が作ろうとしていたものは、真辺由宇の絶望だ。堀の魔法を守るために、真辺の魔法を否定しなければならなかった。でも、それだけじゃない。

僕自身が真辺の絶望を知りたかったのだ。

彼女の絶望を、僕は繰り返しイメージした。その形はひとつだけしか思い浮かばなかった。彼女の絶望が、僕の希望だった。信仰のすべてだった。

あの夜僕は、こんな風に安達に頼んだ。

「協力してもらえないかな？　大地が現実に戻ったら、僕たちに魔法を貸して欲しい。ほんの一度だけでいいんだ」

「なにをするつもりなの？」

「真辺の望み通りに、魔法を使うんだよ」

「それで？」

「それだけ」

魔法にはまったく正反対の、ふたつの弱点がある。

ひとつは、現実にはほんの弱い作用しか与えられないことだ。人格の一部を引き抜いて、魔女の世界に招き入れるのがせいぜいだ。その記憶を持ったまま向こうに帰すこともできるけれど、相手にしてみれば、不思議な夢をみた程度の意味でしかない。

もうひとつは、魔女の世界であれば、なんだってできることだ。制限はおそらく、魔女のイメージの限界くらいしかない。ほとんど万能という弱点。

後者の弱点が、真辺由宇には深く刺さる。

安達に向かって、僕は笑った。ほかのどんな表情も不適切に思えた。

「僕は真辺が納得するまで、いつまでだって彼女の魔法の中にいるよ」

その言葉だけで安達は、僕がやりたいことを察したようだった。

彼女は目を大きくする。普段よりも大きな声で言った。

「本気で言っているの？」

「うん。もちろん」

「堀さんのことは？」

「知らない。僕が守るのは、あくまで彼女の魔法だ」

堀の魔法で、彼女の優しさだ。ひとりの女の子ではない。

安達はじっと僕をみつめる。

「貴方はあの子を、信じすぎている」

「どうかな」

たしかに僕は、堀を信じている。

でもそれは、彼女が常に僕の思い通りでいる、という意味ではない。どんな道を辿《たど》るかわからない。彼女が、なにを選ぶかわからない。それでも堀は誰にも負けない。

「堀は、強いよ。君よりずっと」

だからこれは、僕と安達の戦いだ。

どちらがより正しく、堀というひとりの少女を理解しているのか。彼女の魔女の資質を理解しているのか。それを比べ合う戦いだ。

安達の方も笑う。

「貴方が勝てるわけないよ」

「なら、決まりだ。手を組もう」

「うん。逃げないでね」

僕が魔法を使って、真辺由宇の絶望を作って、堀が試されるそのときまで。

魔法を巡る、馬鹿げた戦いの最後のときまで、手を組んでいよう。

「僕たちはたぶん、とても似ているんだろうね」

と僕は言った。

頷いて、安達は答えた。

「でも決定的に、気が合わない」

その通りだ。同じ物語で、ラストシーンだけは正反対になると信じているのだから。

＊

そして真辺由宇は、すでに絶望の中にいる。

なにもかもに無自覚に、なにも諦められないままに。

まるで安達の価値観みたいだ。終わりのない希望こそが、悲劇だ。

真辺由宇は巨大な星が放つ一筋の光のように進み続ける。

そうと知らないまま、絶望の手を取って。

3　真辺

世界が一度、ブラックアウトして、次に私が立っていたのはあの公園だった。

夕暮れ時の公園だ。ブランコが長く影を伸ばし、そのさきっぽがすべり台にひっかかっている。目の前には七草がいる。ほかには誰もいない。

彼が言った。

「少し、休憩しようか」

私は頷く。七草の顔つきで、なにか大事な話があるのだろうという気がした。

七草は街灯の下にあるベンチに向かって歩く。私もそのあとに続く。街灯にはすでに明かりがともっている。夕暮れ空に残った光と街灯の光が混じり合って、ふたりの影を複雑にする。

こちらに背を向けて歩きながら、七草が言った。

「今、なにを考えてた？」

「土を踏む感触が、好きだなって」

大地のことばかりを考えていたかったけれど、意識が逸れることもある。私には集中力が足りないのかもしれない。

「そう」

七草がベンチに腰を下ろす。私もその隣に座る。

視界の真ん中に、ピンク色の雲が浮かんでいた。背景の空は、青い。高いところは群青色の深い青だ。そこから視線を下げると、青から白へ、白からオレンジへとグラデーションしていく。なんだかずいぶん遠くみえる街並みは暗くシルエットになっている。

世界は美しい。

七草が言った。

「僕たちがこれをはじめて、どのくらい経《た》つだろう」

「これ？」

「この魔法。大地の、未来の探索」

「さあ」

考えたこともなかった。何度も同じ時間を繰り返したし、時間を進めたり、戻したりもした。

「いくらだっていいよ。遊園地みたいに閉園時間があるわけじゃないんだし」

いつまでだって、繰り返せばいい。納得がいくまで。

七草が頷いて、視線をこちらに向ける。夕暮れの複雑な光に照らされた、彼の表情は柔らかだ。

「君は、この魔法の終わりをイメージしているかな?」

「終わり?」

「君がすっかり大地の未来に満足して、もうなにも望むものはなくて、足を止めて、魔法を終わらせる瞬間」

「そんなのわかんないよ。なってみなきゃ」

これでいい、という瞬間がみつかるまで、わからない。

納得は理屈でするものじゃない。心でするものだと思う。

「君の魔法は、終わらないよ」

七草は寂しげに笑っていた。でもどこか、満足しているようでもあった。

彼は言った。

「理想を追い続けることなんて、誰にもできやしない。人に与えられた時間はたかだか一〇〇年足らずで、その全部を自由に使えるわけでもない。生きていくにはお金もいる。休息もいる。他にもいろいろ。だからいつだって諦め続けなければいけない」

「私はなんにも、諦めたくないよ。ただのひとつだって」

「うん」

「でも、きみの言う通りだよ。たくさんのものを諦めてきたのだと思う」

「君が？　なにを諦めたの？」

「たとえば、大地のこととか。あの子は、すべての瞬間が幸せであるべきなのに」

本来であれば、善良で優しい子供が抱える問題なんてものは、瞬《また》く間に解決しなければならなかった。少しでも彼に我慢させたなら、それは間違ったことだ。でも彼の問題はまだ解決していない。ずっと我慢を強いている。

「私はなんて無力なんだろう、と毎晩思ったよ。でもそれを受け入れ続けてきた。その日を諦めて、翌朝に期待し続けてきた」

明日こそは。明日こそは。そう考えるたび、一夜を諦めていた。

七草が首を傾げる。

「普通、それを、諦めとは呼ばない」

誰がなんと呼ぼうが知ったことではない。

「だから魔法は良いものだよ。なにも、今も、諦めないでいられる。こうして大地の未来を探し続けていられる」

「うん。だから君の魔法は、成立しない」

七草が言うことの意味がわからなかった。

でも、それさえも問題ではない。

――私たちは無限に話し合う時間を持っているのだから。

いつまでだって共通認識を探すことができる。

「どうして？」

と私は尋ねる。

「終わらないからだよ」

七草は変わらず、綺麗に笑っている。

その笑みをまっすぐにこちらに向けたままで、言った。

「君にとっての絶望を、ずっとイメージしていた。そんなものは簡単に思い浮かんだ。ただ君に魔法を与えればいいだけだった。魔法を手に入れてしまえば、君はもう、なんにも諦められない。あるはずもない理想を探し続ける。無限の可能性はそのまま、君にとって、無限に出られない檻《おり》になる」

彼は軽く、両手を広げてみせる。

「ここが、それだ」

まだ、わからない。

「もしも私がここに留まり続けるのだとして、そんなことが絶望にはならないよ。ここにいるのは嬉しいことだから。ずっと希望が続くだけだよ」

「でもね、真辺。これはあくまでシミュレーションなんだよ」

「うん」

「ここで君がなにをみつけようと、現実には影響しない。ここでみつかったものを、外に伝える方法はひとつだけだ。君が満足のいく結果を手に入れて、この魔法を打ち切って、僕たちが外に出ていくしかない」

「それで？」

「でも君は決して満足しない。届かない理想を追い続ける。だからこの魔法に、終わりなんかない」

どうだろう。

――私は、そんなにも無謀なものを追いかけているのだろうか？

わからない。たしかに私は、私自身がなにに満足するのかを知らない。

七草は変わらず柔らかに笑っている。

「堀と君との、魔法を巡るあれこれは、もうお終いだよ。理想を追い続けている限り、君はいつまでも孤独で、けっして現実とは繋がれない。一方でもしも理想を諦めるなら、君は自分で君の魔法を否定することになる」

なるほど。話はわかった。

でも。

「ふたつ、反論があるよ」

「うん。聞こう」

「ひとつ目は、本当に私の理想はみつからないのかってこと。それがみつかれば、この魔法は正しく終わる」

「そうだね」

「ふたつ目は、きみだよ」

わかりやすい話だ。

七草が、どうしてそれを見落としているのかわからない。

「少なくとも私は、孤独ではない。きみがいる」

それは、なんて安らかなことだろう。

「きみが隣にいる。だから私はなんにも諦めないでいられる」

私にとっての美しいものを、素直に探し続けられる。もしもそんなものが、この世界にはないのだとしても。

七草が首を傾げる。

「僕がいて、なんになるの？」

決まっている。

新しい視界をくれる。みえていないものを、みせてくれる。

「私の間違いを、説明してくれる。今みたいに」

「どこかできみは、私を止めるでしょ。もう充分だ、これ以上進むべきじゃないって。私ひとりでは、この魔法は終わらないのかもしれない。でもきみが終わらせてくれる」

「それで、いいの？　理想に届く前に、僕が遮っても」

「当たり前だよ」

悩む余地なんかない。

――私は彼を、信頼している。

心の底から。

「私ひとりでみつけられるものよりも、きみとふたりでみつけたものの方に、価値があるに決まってる。だから、無敵だよ」

字面《じづら》そのままに。どこにも、敵はいない。

七草はややうつむいて、さらに何度か、繰り返し首を振った。あまりみたことのない仕草だった。

「そうじゃない」

「なにが、違うの？」

「僕は君に、立ち止まって欲しいと思ったことなんて、一度もない。どこまでも進めばいい」

「でも、これまではそうじゃなかった」

七草は、七草だけは違った。

他の誰が目を逸らしても。誰も相手にしなくても。七草だけは私の声を聴き、返事をしてくれた。肯定も否定もくれた。彼がいたから、私は孤独ではなかった。

「ねえ、真辺。僕は諦めるのが得意なんだよ。君とは正反対に。でもここじゃ、僕だってなにも諦めなくていい。まるで明けない夜だ。醒《さ》めない夢だ。僕はいつまでだって、君をみつめていることが許されている」

彼は笑う。

これまでとは違う顔で。純粋に、ただ嬉《うれ》しそうに。

「ふたりきりで、どこまでだって行こう。だれの目にも触れない光でいよう。だからこの魔法は終わらない。現実にたどり着けない、僕たちだけの永遠だ」

ああ。それは、なんて素敵なんだろう。

なんて夢のようなんだろう。

嬉しくて泣きそうになる。でも彼は間違えている。

「違うよ。七草。私はいつだって、現実と繋《つな》がっているんだよ」

いつだって。今だって。

私の隣に彼がいる。それだけで。

「私の絶望を作るなんて、簡単だよ。魔法もいらない。なんにもいらない。ただきみがいなくなればよかったんだ」

それだけで、世界はどれほど冷たくなるだろう。

私は足を踏み出す勇気を失うだろう。

まさか、知らないなんて思わなかった。七草が私にしたことを。

――きみがいるから、私は絶望しない。

いつまでも希望を追い続けている。

＊

暗闇《くらやみ》の中にいるような気持ちになることがある。

探し物はすぐそこにあるはずなのに、この目にはなにも映らない。だから必死に手で探る。だが、触れたものがなんなのかさえわからない。私は世界を認識できない。

ほんの小さな明かりが、たったひとつでもあればすべてが変わるのだ。

ほんの小さな明かりが、私と世界を繋げるのだ。

だから光を探していた。その光が、七草だった。

なにかを諦《あきら》めたいと思ったことなんて、無数にある。私のすべてが無意味で、無価値なのではないかと、夜がくるたび疑った。そして彼の瞳を思い出した。

私にとっての七草というものを強く意識したのは、彼と離れていた二年間だった。中学二年生の夏に転校してから、高校一年生になってまた再会するまで、ということになる。

そのあいだ、私は孤独だったのだろう。

私の声は誰にも届かず、私の姿は誰にもみえなかった。

対処法はわかっていた。私の方が、喋《しゃべ》り方を間違えているのだ。行動を間違えているのだ。なら私自身を作り替えることで、私は孤独ではなくなる。

でも、そうはしたくなかった。自分の真ん中にあるものを、もういらないと捨てたくはなかった。自分を誤魔化して嘘を信じ込むのも嫌だった。そして、希望もあった。私は七草の瞳を知っていた。

それは私のままの私をみつめる目だ。

これまで私が、私のままでいられた理由のすべてだ。

ほんの幼いころから、私は何度も、何度も自分を捨てようとしてきたのだろう。でも、七草に出会った。私をそのままの形で受け入れてくれる、ひとりに。

彼の瞳に支えられて、私はなにかを捨てないでいられたのだ。

本当に大切な、ひとつを抱えたまま進めた。

私の物語はどうしようもなく、彼に出会ったときから始まった。私が大切なひとつを、捨てないまま階段を上る物語は。

彼と出会ったときから始まり、今もまだ続いている。

＊

私は、思わず笑う。なんだか少しだけ気恥ずかしいような気もして。

笑ったままで、大切な彼に呼びかける。

「ねえ、七草。きみはたぶん、私がどれだけきみに憧《あこが》れているのか知らない」

七草は軽く首を傾げる。

「テストの点は、だいたい僕の方がよかった」

私は頷く。

「うん。それも、憧れる」

「たぶん君よりも要領がいいんだろうね。そのくらいのことだ」

「ほかにもたくさんあるよ。本当に、たくさん」

「どうでもいいようなことばかりでしょ」

「違うよ。大事なことばかりだよ」

七草は、優しい。私が知っている、ほかの誰よりも。

だから彼との思い出は、優しいものばかりだ。

「たとえば、七草は、言葉をみつけるのがはやい」

「そうかな？」

「うん。困っている人に、どんな風に声をかけるのか、すぐにみつける」

「だいたいは君の方が、先に行動するように思うけどね。席を譲ったり、荷物を持ったりなんていうのは」

「そういう、わかりやすいのはいいんだよ」

正解がわかっている問題に答えるのは、思い切りだけあればできる。

でもちょっと問題が難しくなると、私には言葉をみつけられない。

「もし小さな子が泣いていたとして。私にできるのは、どうして泣いているのか尋ねることくらいだよ」

「僕も同じだよ。ほかにどうしろっていうのさ？」

「違うよ。七草は、もっといろんなものをみている。その子の服装だとか、持っているものだとか、私は気づかないものをたくさん。だから私よりもずっと正しい言葉で声をかけられる」

優しさが、相手のための気遣いであるなら、その本質は注意深さだ。

私はいつだって、できるだけ速く足を踏み出したいと思っている。でも七草は、いつだって注意深く足を踏み出す。

「それが、世界と繋がっているってことだよ。だからきみに憧れる」

私が光を探しているとき、彼は自分自身が光でいる。

なんて遠い存在なのだろう。勝ち目のない相手なのだろう。

七草が苦笑した。

「そりゃ、君に比べれば誰だって、多少は広い視界を持ってるさ」

「でも七草ほどじゃないでしょう？」

「そんなことないと思うけど」

「だって、きみくらいだよ。私までみてくれるのは」

優しさの中に、私まで含めてくれたのは。

――普通、優しい人は、私が嫌いなのだろう。

きっと優しい人に好かれるには、もっと丁寧でいなければならないのだ。でも七草だけは、乱暴な私まで視界に収めている。他に向けるものと変わらない優しさを注いでくれる。

「それは、視界が広いわけじゃない。ただの好みだよ」

「好み？」

「ずっと君が好きなだけだ。君が、ここにいることが」

なんだかよくわからなくなってくる。

「つまり、そんなものまで好きになれるのは、視界が広いってことじゃないの？」

「違う気がするな。だって、その好みのせいで、別のものはみえなくなってるかもしれないよ」

「たとえば？」

「安達の考え方は、あんまり好みじゃないかな」

「あの子は七草に似てるから、後回しにしただけじゃなくて？」

私の言葉に、七草は顔をしかめる。

「やっぱり似てる？」

「うん。違うところもたくさんあるけど。でもきみが、なにかを諦めたら安達さんみたいになる気がする」

よくわからないけれど、そんな気がする。安達さんもきっと繊細で優しい。でも七草はもうひとつ、彼女にないものを持っている。

「僕は、今もまだあの星に憧れているからね」

「星？」

「君は知らなくていい」

七草は両手を突き上げて、大きく伸びをした。ずいぶん彼と話している気がするけれど空は色を変えない。ずっと夕暮れのままで、慌《あわ》てて家に帰る必要もない。

「ここには僕が、君を止める理由がない。本当はずっと、そうしたかったんだ。現実の全部が、君みたいならいいと思っていた」

「私みたい？」

「まったく馬鹿《ばか》みたいに、楽園を探し続けていたら」

「私は、七草みたいならいいと思う。注意深く、優しいものばかり探していたらいい」

「君は僕への評価が高すぎる」

「そうかな。わりと的確な自信があるんだけど」

ともかく。

現実には、そうじゃないものがたくさんある。

「世界がみんなきみみたいなら、私はきみになりたかったよ」

「世界がみんな君みたいでも、僕は君にはなりたくない」

「でも、どっちでもないから、私たちは一緒にいるわけでしょう？」

どちらでもない世界には、両方が必要だから。

注意深さが大事なときと、乱暴さが必要なときがあるから、私たちは並んでいる。私は彼が止めてくれると信じているから、躊躇《ためら》いなく足を踏み出せる。それは、うん、綺《き》麗《れい》な世界だ。

私は七草の顔を正面からみたくて、ベンチから立ち上がる。

まっすぐに、向かい合って言った。

「私の理想はいつまでもみつからないって、きみは言った」

「うん。言った」

「じゃあそうなのかもしれない。でも同じように、私も信じていることがある」

「なに？」

彼の瞳が真剣で、私はつい微笑《ほほえ》む。

なんて安らかなのだろう。信頼というのは。

「私がなにも諦められないように、七草だって諦められないよ。だからきみが、この魔法を終わらせる」

彼は優しく、注意深く世界と繋がっているから。

終わらなければ現実に作用しないこの魔法の中に、留まり続けることはできない。必ず歩き出す。私の理想通りでなくても、私にとって優しい世界に向かって。

彼の目をみて、繰り返す。

「私の絶望は、きみがいなくなることだけだった」

きみがここにいる限り、絶望なんか欠片もない。

4　七草

正面に立つ真辺由宇の瞳を、僕は見上げていた。

彼女は自信に満ちてみえた。それで、思い出す。

僕たちがまだ中学生だった、あの夏のことだ。月に少し雲がかかった夜、この公園のすべり台の下で、僕たちはさよならを言い合った。

あのときの真辺は、まるでありきたりな女の子のようにうつむいていた。ありふれた感情で別れを悲しんでいるようだった。

なにかに怯《おび》えるように、彼女は言った。

——どうして、きみは笑ったの？

僕は覚えていなかった。僕自身が、笑ったことを。

——私が引っ越すって言ったとき。七草、笑ったでしょ？

今、ふいに思い出す。いや、それは記憶ではなかったのかもしれない。でもこれしかないのだという答えをみつける。

――僕は、悲しかったんだな。

悲しくて、嬉しくて、笑うしかなかったんだな。

だって彼女がまるで、落ち込んでいるようだったから。僕と離れ離れになることを、心の底から悲しんでいるようだったから。

あのときの僕は、神さまの弱音を独りきり聞かされた敬虔《けいけん》な信者みたいなものだった。彼女には、たったのひとつも特別なものなんてあって欲しくなかった。その特別なものに、僕自身がなれたのだとしたら幸せだった。だから悲しくて、嬉しくて、僕は笑った。

「じゃあ、真辺――」

その言葉を思い浮かべたのは事実だった。

でも口にするつもりはなかった。

胸の中でそのまま消えるはずの言葉だった。なのに、自動的に声になる。

「なら、僕が消えよう。君の絶望のために」

比喩《ひゆ》ではなく魔法にかかった。

――言わされた。

どちらかの魔女が、僕に魔法をかけた。

予感はある。確信はない。でも。

こんなにも深く呪《のろ》いに沈んだ世界では、自然なことなのかもしれない。ほかの道なんてなかったのかもしれない。

僕はなにを捨てたのだろう。なにを捨てられなかったのだろう。

世界が暗転する。

＊

そして僕は目を開く。あの灯台で、硬い木製の椅子《いす》に腰を下ろしている。窓の外は真っ暗だった。

堀がベッドに座っている。ドアに背を預けて、安達が立っている。

安達の方が言った。

「どうだった？」

僕は首を振る。

「まだ途中だよ。でも、もう答えは出たようなものだ」

僕は強制的に真辺から引き離され、こちらに戻ってきたのだから。

大地と共にあの階段を上ってから、どれくらい経っただろう？　僕は真辺と共に、何年も、何十年も過ごしたつもりだった。でも階段島の時間は、ほとんど流れていないはずだ。大地をあの階段まで送り届けた後。部屋の時計は、午前四時の少し手前を指している。

僕は尋ねる。

「どちらが、僕を連れ戻したの？」

口を開いたのはやはり安達だった。でもそれは僕の質問への答えではなかった。

「どっちだっていいでしょ。結果は変わらない」

ああ。その通りだ。

僕は堀の味方でありたかった。真辺の敵であろうとしていた。

真辺の魔法を否定することは簡単だった。理想を諦めない彼女は、決して結果にたどり着かない。過程を終えることがない。だから真辺の好きにさせておけば、それだけで堀の勝ちだった。

真辺はいつまでも大地の幸福な未来を探し続けるだろう。でも、永遠とさえ呼べるそれを、誰も観測し続けられはしないだろう。あの子は自身の魔法の中で、無意味な光であり続ける。ただ美しいだけの、まっすぐな、誰の目にも触れない光。

違うのは僕だけだ。僕だけが、彼女を追い続けている。どうしようもなく僕は、真辺由宇の魔法に結果を与えようとしてしまう。

だから本当の意味で、堀の敵になり得るのは僕なのだろう。

わかっていたから、僕は、僕自身を隔離した。

僕を真辺の隣に置くことを決めた。彼女と同じ、無意味な光になろうとした。

でも、もう違う。

僕は今ここにいる。真辺由宇の理想からはぐれた場所に。

堀のかすれた声が聞こえた。

「七草くんは、もうここには帰ってこないつもりだったの？」

僕は首を振る。

――わからない。

真辺由宇のことなんて。

「もしも真辺が、僕が信じる通りだったなら、あの魔法に終わりはなかった」

本当に、永遠に。

僕と真辺はふたりきりの光になれた。

「でもね。そんなはずが、ないだろ」

僕が信じる真辺由宇は、ひとりの女の子ではなくて。もっと完全な、揺らぎのない概念のようなもので。本当にひとりの女の子が、そんなものでいられるはずがない。

「僕は間違えていたんだよ。間違えていることを、知っていたんだよ。もう何年も前からずっと」

少なくとも、あの日。あの公園で、彼女の寂しそうな顔をみたときには知っていた。

真辺由宇が概念には届かない、ひとりの少女だと知っていた。

間違っていると知っていても、信じていたかった。信じて、信じ続けていたかった。

もしもいつか彼女が壊れてしまうなら、その前に僕が壊してしまいたかった。

真辺は僕を優しいと言った。でも、まったく違う。

僕は、ただ、捨てるべきものを捨てられないでいるだけだ。

堀が目の前に立つ。

「貴方を連れ戻したのは、私だよ」

彼女は複雑な瞳で僕をみつめている。

「七草くんが戻ってくるのを、待てないわけじゃなかった。私はたぶん、いつまでだって信じられた。でも、そうはしたくなかった。私の手で貴方を取り戻したかった」

ひと言ひと言で、勇気を振り絞るように、苦しげに彼女は喋る。

「ごめんなさい。でも――」

でも。なんて、優しく響く二音。

それだけを残して、彼女は長い間、口を閉ざす。

僕はじっと堀の言葉を待つ。彼女は泣き笑いみたいにほほ笑んで、きっと、この島の優しい魔女として続きを話す。

「失《な》くしものは、みつかりましたか？」

その言葉に、不意を打たれた。

でも、言われてみれば、うん。

「みつかったよ」

僕は真辺と、ふたりきりの無意味な光になることに、憧れて、憧れて。本当に魅力的で、でも、そんなの僕の失くしものじゃなかった。

真辺の隣から引き離されて、ようやく正解がわかった。

ずっと探していたものを、堀が教えてくれたのだ。本当は、僕自身がみつけなければならないものだ。こんな風に他人任せに手に入れてよいものではない。だから小さな後悔はある。でも、堀がそれを差し出してくれたことは、嬉しかった。

「ありがとう。僕ひとりじゃ、みつけられなかった」

彼女は笑みを消して、あとには不安げな表情だけが残る。

「本当に？　怒ってない？」

「もちろん」

手に入れたいものがあった。僕はそれを、探し続けているつもりだった。

でも違ったのだ。失くしものは、いつだってすぐ傍にあった。それはまるで、僕の鼓動みたいに。

安達が言った。

「けっきょく、私の勝ちってことでいい？」

　僕は顔をしかめる。

「どうしてそうなるんだよ？」

「だってそういう話でしょ？　堀さんは試されていたんだ。魔法を手に入れるために、七草くんを捨てられるのかを。でも堀さんにはそれができなかった。七草くんを、真辺さんの元から奪い取った」

　たしかに安達は、僕に似ているのだろう。いつかの僕に。つい、さっきまでの僕に。でもそれは、今の僕ではない。

　安達は続ける。

「真辺さんの魔法は、極端だけど無意味じゃない。欠けているものがあるだけだ。そしてその欠けを、七草くんなら埋められる。まさか私たちの、つまらない魔法の争いで、大地くんを犠牲にはしないよね？　ならあとは、七草くんが真辺さんの魔法の価値を証明してお終《しま》いだ」

「違う。なにもかも」

　僕は堀を守り続けていたかった。だから真辺の魔法を否定しようとした。これは、間違いだ。僕は真辺を信じ続けていたかった。でも本心じゃ、彼女さえ僕の理想通りではないはずだと疑っていた。もしもなにかが彼女を欠けさせるなら、それは僕でありたかった。これも、間違いだ。

硬い木製の椅子から立ち上がる。目の前の堀をみつめる。

——失くし物が、みつかった。

小賢《こざか》しくなく、純粋に、なにも捨てないままで、僕が成長と呼べるものがようやくわかった。

「この島の優しい魔女に、ひとつだけお願いがあるんだ」

堀はわずかな時間、驚いた表情を浮かべた。

それから、ほほ笑む。綺麗に。陰もなく。

「うん。なに？」

僕は堀に手を伸ばす。

「一緒に、真辺を助けにいこう。君の魔法で」

それが、全部の答えだ。

5　ふたり

真っ暗な夜の中にいた。

なにも聞こえず、なにもみえなかった。

でもそれが錯覚なのだと知っていた。

私は今、公園に立っている。誰もいない、七草さえいない公園に。

空はもう暗いけれど、街灯の明かりはある。思い切り息を吸い込む。清々《すがすが》しい空気で胸を満たす。

――私は、彼を失ったのだろうか？

わからない。

神さまではない私には、この世界を、なにひとつ確信できない。

――なら、信じるしかない。

この世界を。正しいものを。美しいものを。

「七草」

叫ぶ。

返事がなくとも、必ず彼に届くのだと信じる。

「私は、なにも捨てないよ」

次の言葉はない。

声のかわりに足を踏み出す。先へ。先へ。どこまでだって。

私が世界を冷え冷えと感じていたとしても、どこかには暖かな場所があると知っている。冷たい空気が景色をいっそう美しくすると知っている。確信はなくとも、信じることを否定するものもまたない。

なら、どこまでだって進める。

＊

僕は灯台を出る。

夜明けの前のいちばん暗い夜を歩く。頭上には無数の星々が散らばっている。それぞれが、それぞれの輝きを放つ。でも僕はそのどれにも目を向けない。

いつだって一筋の光を追いかけている。この目には映らない光。僕を照らさない光。でも間違いなく、この広い世界のどこかにある光。

その光が、今もまだ走り続けていることを知っている。

まるでどこまでも届きそうなくらい、鋭利に尖《とが》った強い光。でもきっといつかは消えてしまう、脆《もろ》い光。

本音の本音では、ずっと叫びたかった。

――僕が、その光を守ってやる。

永遠にみえるそれを、本当の永遠にしてやる。

でもその言葉がすでに、僕が信じたい彼女と矛盾していた。僕にとっての真辺由宇は、誰にも守られてはならないものだった。だからもし僕が傍にいられるなら、その役割は彼女の敵しかないのだと信じていた。

胸の中の違和感から目を背けて、そう信じるふりをしてきた。

今夜、ようやくわかった。ずっと昔から、長い間、失くしていたものが。

僕が成長と呼べるものが。

――受け入れよう。

僕がピストルスターを信仰した理由を。階段島を愛した理由を。相原大地のすべてで考えたことを。安達を本能的に嫌ったことを。時任さんに同情したことを。一〇〇万回生きた猫の隣が安らかだったわけを。学校や寮の時間を。もっとささやかなものまで。なにも捨てるな、と叫ぶことさえ愚かで。なにかを捨てたかった自分を。捨てたくなかった自分を。捨てた自分を。捨てられなかった自分を。

すべて受け入れて、諦めずにいよう。

――ああ。僕は。

なんて楽観的なのだろう。

僕の望みなんてものが、叶うわけがないと知っている。必ず破綻《はたん》するんだと知っている。ピストルスターは無意味で、階段島を幸福とは呼べないと知っている。そして、その理解が間違いだということだって、もう知っている。

僕は顔をあげて進む。

視界を曇らせてはならない。すべての自分から、目を逸《そ》らさないために。

――僕はずっと、優しい人になりたかった。

真辺が言うように。堀も言ったように。彼女たちが僕を、間違えていたとしても、ずっとその間違いになりたかった。

誰も彼もに、それはきっと自分自身にさえ、優しい人になりたかった。

＊

長い、長い時間の中で、私は押しつぶされつつあるのだと感じていた。

大地の未来をみつめ続ける時間に、雑念が混じる。その雑念は恐怖と呼ばれるものによく似ている。

私はなにもかもを間違えているのではないか。私がしていることは、すべて無意味なのではないか。私はこの世界をほんの少しだって変えられず、どこにも届かず、独りきり同じ場所をくるくると回っているだけなのではないか。

こんなことで悩むのは、馬鹿げていた。

考え込んだところで、答えが出るはずがないのだから。

なのに繰り返し考える。疑問が雨粒みたいに降り身をこわばらせる。それは恐怖と呼ばれるものによく似ている。

そのたびに思い出すものが、七草だった。ほんの小さな一部分だとしても、たしかに世界とのつながりを感じられるものだった。

――もしも私が、彼を失ったのだとすれば。

その恐怖は、知っている。

中学生のころ、彼がいた街から引っ越したときにも想像した。先月、彼が階段島から消えたときには、より強く自覚した。

――私が彼を失ったのだとすれば、それでも、信じるしかないでしょう。

もう一度、あれに出会えることを。みつけだせることを。

でも。

――信じろ、と繰り返すのは、疑っているからだ。

わかっていた。私は押しつぶされつつある。不安に苛《さいな》まれ、恐怖で摩耗している。

――そんなの、当たり前でしょ。

独りきりが怖いのは。なにも確信できない世界が不安なのは。

私はその恐怖から逃れる方法を知っていた。わかりやすいことだった。この魔法をやめてしまえばいい。希望だか、夢だか、理想だか、意地だかの、私の真ん中にあるものを捨てればいい。

その想像もまた、恐怖だった。

すでに知っている恐怖だった。

自分の一部を捨てる。自分自身を、作り変える一歩。諦めと呼ばれる、これまでに何度も何度も経験した迷い。

――これが、私の絶望なのだとしたら。

こんなものもう知っている。これがどれほど私を疲弊させるか知っている。

もう知っているから。

――七草。きみは、間違っていたよ。

こんなものでは、足を止めない。

きみへの信頼を投げ出さない。

＊

僕は階段を上る。

途中にある学校を通過して、さらに先へ。どこまでも個人的な場所へ。

なにを考えているわけでもなかった。ただ、一段ずつを感じていた。一歩進むたび、僕を形作る記憶が耳元で鳴る。

一〇〇万回生きた猫の声が聞こえる。「結局オレは、誰も愛することができなかったんだよ」。彼はいつだって、フィクションばかりを語る。「あるいは、心の底から彼女だけを愛していたのかもしれない。それはわからない」。きっとただのひとつも、本心に嘘をつかないために。

次に聞こえたのは佐々岡の声だった。「オレたちって、子供みたいじゃん」。彼はいつだって迷っている。なりたい自分に繋がる道がみつからなくて。「つまり、この島にいるのがさ。もらってばっかじゃん」。そんな風に迷い続けられるのが、彼の強さなんだろう。

委員長の声もあった。「誰にだって友達は必要ですよ」。彼女は少しだけ独善的で、けれど、たしかに優しい。

安達の声は、いつだって不機嫌そうだ。「どうしようもなく似ているから、きっと私たちはお互いが大嫌いなんでしょうね」。きっと彼女も、大切なものを捨てられなくて苦しんでいる。

ハルさんの声が言う。「キッチンの蛇口に手が届かなかったころのこと、覚えてる?」。トクメ先生の声が言う。「大人には大人の意地があります」。時任さんはいつだって、生《き》真面目《まじめ》に苦しみ続けている。「なにかを決めるっていうのは、いちいち疲れるものだよ」。大地の声は、ときに悲しい。「僕、お母さんが大好きだよ」。でも本当は希望にあふれている。

ほかにも、いくつも、いくつも。

みんな、捨てられた人たちが暮らすこの島で聞いた声だ。

どれひとつとして、僕には捨てる気にならない声だ。

その全部が、満天の星みたいに輝く。現実にはない星空。思い出と、階段島にしかない群青色。

どれも忘れずに、僕は階段を上る。

ひとりきりでもすべてに繋がっている。

階段には濃い霧が立ち込めつつあった。その霧の向こうにある群青色を、忘れないままでいる。

＊

時間は私の表層をはぎ取って、中にあるものをむき出しにする。

私の中身はこの魔法の終わりを求めている。それは強く、大きく育つ。一方で魔法を守る大切なひとつは、けれど私の中心ではなく、あくまで表面を覆《おお》うものでしかない。

その通りなのだろう。でも、間違えてはいけない。

――その堅苦しいもので身を包みたいと願ったのが、私なのだ。

理想だとか、希望だとか、意地だとか、妄信だとか、呼び方は好きにすればいい。ともかく私が掲げたいと信じたそれが表層であるなら、それを捨てさせようとする私もまた表層だ。芯《しん》の芯の私は、そうではない。

——きっと、もっと空っぽで。

そこにはなんにもありはしない。

だから、私の本質は表層の方にある。空っぽの私がまといたいと信じたものの方に。涙は不思議だ、とふと思う。この世界で、大地につらいことや、悲しいことが起こるたびに、私は涙を流していた。泣いても仕方ないのに。そう考えているうちに、やがて、私の涙は枯れた。不幸に感情が摩耗したのだと思った。でも違った。さらにその先では、私はまた涙もろくなるようだった。私は私の涙の理屈さえ知らない。

私が意図した形で大地の未来をシミュレーションするこの魔法は、数多《あまた》の大地の不幸を生み出した。

大地は我慢し続けていた。母親からの無機質な否定に耐え続けていた。長い無言。無反応。ときには痛ましい否定的な言葉。放置と、苛立《いらだ》たしげな視線。彼を縛り付ける涙。刺激を与えすぎると、美絵さんは自ら命を落とした。それでもなにもしないわけにはいかなかった。大地を救いたいと願うなら、まずは彼女を救わなければならない。それはわかっていた。彼女を救うには？　七草が言っていた通り、三島という男性が重要なのは明白だ。なのに彼はすでに死んでいる。魔女の世界にその一部が残されているきりだ。やっぱり彼は死ぬべきではなかった。でも、それを悔やんでも仕方がない。魔法は現実には作用せず、彼を生き返らせることはできない。

ふと思いついて、私は、美絵さんを魔女の世界に呼び込み、長い夢をみさせた。三島さんが死なないまま大地が生まれる夢。病を克服した三島さんと共に、大地を育てていく夢。きっと彼女の、本来であれば理想だった世界。

その夢の中で美絵さんは、純粋に大地を愛していた。

類似した夢を美絵さんにみせたことは、何度もあった。でもそれはあまり効果を上げなかった。だから私は気を抜かなかった。大地への愛を深く根付かせるため、彼女に夢をみせることをやめなかった。結果的にその夢は、大地の実際の年齢に追いつくまで、一〇年近くに及んだ。

その長い夢から目覚めた美絵さんは、ベッドの上で混乱しているようだった。スズメの声が聞こえる、清々しい朝だったけれど、その光がまぶしすぎるように、彼女は顔をしかめていた。やがて、独り涙を流した。

彼女が朝に独りで泣くのは、珍しいことだった。

部屋を出た美絵さんは、学校に行く準備をしている大地の姿をみつけて、立ちすくんだ。きっと、夢の中では当たり前に言えた「おはよう」という言葉が声にならなくて戸惑っていた。

大地の方も、美絵さんが普段とは様子が違うことに気がついたようだった。

彼はじっと母親の顔をみつめて、ほんの一瞬だけ覚悟を決めるように真剣な顔つきになって、すぐほほ笑む。

「大丈夫だよ」

と大地は言った。

「お母さんが、優しいのを知ってるから、僕はどこにもいかないよ」

現実ではないこの世界では、私は魔法によって、彼の頭の中を覗《のぞ》くこともできた。彼の考えをまるで自分の思考のように理解できた。

大地は自身の言葉が、美絵さんを傷つけると知っていた。我が子に優しく守られるのが、美絵さんにとってどれほどつらいことなのか、彼は理解していた。

胸に刻まれた傷を、美絵さんは怒りと苛立ちで埋める。その蜃気楼《しんきろう》のようでも巨大な感情で、彼女はどうにか生きている。

美絵さんは大地をにらみつけ、右手を振り上げた。

彼女が大地に直接的な暴力を振るったのは、この朝が初めてだった。一〇年近くの幸福な夢が彼女をひどく混乱させ、苦しめていた。美絵さんの右手が大地の頰を打つ。自身への悔しさと、苛立ちと、目の前の少年への愛情と懺悔《ざんげ》が交じり合い、矛盾する衝動で、ぱちんと乾いた音が響く。

それは誰にとっても間違った音だった。でも大地自身が望んだものだった。

――ああ。彼は。

長い時間を経て、愚かな私もゆっくりと気づきつつあった。

――お母さんが変わることを、求めているわけではないのだ。

そのまんまの母親を、そのまんま愛している。なら私がしていることはなんなのだろう。

一度だけ頬を抑えて、そのあとは何事もなかったかのように、大地は学校にいく準備を進める。ランドセルを背負って、小さな声で母親に「いってきます」と挨拶《あいさつ》をして、玄関を出ていく。マンションの一室に残された美絵さんはベッドに顔をうずめて泣いている。

私はなにか、根本的なものを間違えている。これまでの私のすべては、無意味だったのかもしれない。

また、私が摩耗する。表層が傷ついていく。ここは寒く、孤独だ。

でも私は、ひとつ学んだ。この方法は、つまり美絵さんの心を強引に変えようとするやり方は間違いなのだ、ということを。

道はみえない。真っ暗な闇の中にいる。私は私にささやく。

「次だ」

もっと、正しいものを。本当の意味で、彼の救いになるものを。

――七草が私の絶望と呼んだものは、これなのだろう。

愚かな私が進み続けること。でも私はそれを、絶望とは呼ばない。希望とも。

――ただ、これが私だ。

私の表層をすべてはぎ取った先にあるものではなくても。失くしたなら失くした回数みつけだし、掲げ続ける、私が私と呼びたいものだ。

魔法の世界が一度消えて、また浮かび上がる。何度だってやり直す。

私は顔を上げる。

そこは、七草との思い出の、あの公園だった。

無人のはずのそこに、ひとりが立っていた。

＊

僕はひとりきり階段を上る。どこまでだって。

一段ごとに自分を思い出す。やがてすべての自分を思い出すまで。そんなことは不可能だと知っていても、できる限り。

階段には濃い霧がかかっていた。その先に、ふいに、人影がみえた。

顔がわかるよりも先に、声が聞こえる。

「あの子のことを、よくみてみたよ」

時任さん。

僕がさらに段を上ると、彼女の顔がみえる。

時任さんは困った風に顔をしかめて、こちらを見下ろしている。

「真辺由宇。あれは、なんなの？」

僕は笑う。なんだか可笑《おか》しくて。

「僕の理想に、いちばん近いものです」

まったくそのままでなくても、まるでピストルスターみたいな。僕が信仰と同じ感情で憧れられるひとり。

時任さんは首を振る。

「だとしたら、ナナくん。貴方も普通じゃない」

「なにが普通かなんて、考えても仕方がありません」

僕は彼女の間近、二段ほど下で足をとめる。

時任さんは言った。

「何度も、あの子の魔法を止めようと思ったよ。消し去ってしまいたかった」

「わかります」

「でも、できなかった」

「止めてしまっても、よかったんです」

本当に。あれは、そういうものだから。

光はなにかにぶつかることで明るくみえる。真空の中を走っている間は、ただ暗いままだ。さえぎられて輝くことを、彼女は世界とのつながりと呼ぶ。

時任さんは寂しげに笑う。

「だとしてもね。私は、あれにはなれない」

「なる必要もないでしょう」

「なれないものを、簡単には否定できないよ」

「どうして？」

「なんだか、もったいなくて」

彼女の言葉が嬉《うれ》しくて、僕はほほ笑む。

「よければ真辺を、あだ名で呼んであげてください。今まで通りに」

「マナちゃん？」

「はい。あいつをそんな風に呼ぶ人は、滅多にいないから」

僕は再び歩き出す。時任さんの隣を通り過ぎる。

今夜の、彼女との会話はこれだけでいいと思っていた。でも後ろから時任さんは言った。

「きっと私は魔女として、あの子を止めるべきだった」

仕方なく、僕はまた立ち止まる。

振り返ると彼女は続ける。

「マナちゃんを止められなかった私には、魔女の資格がないと思う？」

「いえ。でも」

こんなの、冗談みたいなものだ。

僕はそれを口にする。

「貴女《あなた》よりも、僕たちの方が幸せ」

なぜ？

理屈はない。夜空が綺麗だから。朝日を待ちわびているから。

「貴女はただみつめていた。でも、僕たちは向かい合って、彼女と話し合える」

だからきっと、僕たちは幸せだ。

＊

公園にひとりが立っていた。

彼女は必死に笑みを作っていた。

だからだろうか。それとも、泣きぼくろが悲しげにみせるからだろうか。彼女の表情は暖かくはなかった。でも魅力的ではあった。

堀さんが言う。

「そろそろ、終わりにしませんか?」

私は尋ねる。

「なにを?」

しゃべることはずいぶん久しぶりだった。七草が消えてから、どれほど時間が経《た》ったかわからない。声は意外にも自然と出た。会話は想像を絶して心地よかった。

堀さんは答える。

「この魔法を」

「それで、どうなるの?」

「私が引き継ぎます。魔女として」

「なら一緒にやろうよ。どこまでだって」

私ひとりではたどり着けないところまで、きっと進める。綺麗で優しい、理想的なところまで。

なのに堀さんは首を振った。

「いいえ。私は、貴女のような魔法は使えません」

「どうして?」

「耐えきれないと知ってるから。でも、私なりに諦《あきら》めずに魔法を使います」

なら、だめだ。

もっと良い方法がある。

「私は、この魔法を続けるよ。堀さんは堀さんで、魔法を使えばいい。どちらかが大地の幸せをみつけるまで」

一方を否定する必要はない。両方、やればいい。

ひどく当たり前の話に思えた。なのに堀さんにとっては違うようだった。

「それは、私の魔法ではありません」

「貴女の魔法？」

「私はなにも捨てたくないのです。だから、捨てられていくすべてを守れる場所を、作ろうとしました」

「うん。素敵だと思う」

「真辺さんも、私が守るべきもののひとつです」

なんとなく、言いたいことはわかる。

でも違う。

「この魔法は、私の敵じゃないよ。だから守られる必要はない」

「でも、苦しかったでしょう？」

「うん」

「寂しかったでしょう？」

「うん」

「みんなやめてしまいたいと、何度も考えたでしょう？」

「うん。でも、全部をねじ伏せてきた」

私の素直な部分は疲れ果てている。魔法を投げ出したいと思っている。でも別の素直な部分は、これを続けたいと思っている。必ず価値があるはずだと信じている。

どちらも私で、一方だけを選んでも仕方がない。

「苦しくて。寂しくて。でも、と私は言う。その、でも、だって私だよ。それを言い続けられる限り、この魔法は敵じゃない」

「ただの意地ではなくて？」

「違うと思うけど。だとしても、意地のなにが悪いの？」

「だって、悲しいじゃないですか。クラスメイトが、独りきりで苦しんでいるのは」

堀さんの笑みは、すぐに崩れそうに脆いものにみえるけれど、崩れない。この子はとても強いのだ、という予感は、出会ったころからあった。

彼女は言った。

「もしも、貴女ではない誰かが、貴女と同じような魔法を使っていたとして。その誰かを魔法から助け出したいと、真辺さんは考えませんか？」

「どうかな。考えたこともなかったな」

魔法の中の長い時間でも、一度も。

この種の驚きを伴う言葉は、七草との会話を思い出す。それでまた嬉しくなる。

「私には、貴女が大地くんと同じようにみえます。同じように、救われるべきものに」

「なるほど」

大地は幼い。守られていて当たり前の歳《とし》だ。なのにあの子は強く、自分自身の環境と誠実に戦い続けている。

あんなに高貴なものに似てみえるのだとしたら、それは嬉しいことだ。あんなに悲しいものに似てみえるのだとしたら、たしかに、私に手を差し出してくれる誰かもいるのだろう。

なんて優しい世界。私は笑う。

「堀さんの魔法の価値が、よくわかったよ」

私はこの魔法の中で、繰り返しそれを体験した。

今の私を作っているのは、間違いなく七草だった。彼の視界に含まれていられたことだった。彼との記憶が私を励まし、次の一歩を踏み出させた。今、目の前になくても、思い出すだけで何度だって。

階段島が、堀さんの魔法が大地に与えたものも、同じだろう。今、目の前になくても自分の中に残り続けているもの。階段の一段。踏み越えることでほんの少し自分を高い場所に導き、そのぶん視界を広げるもの。

それは、自分自身が守られていた時間だ。

七草のような、階段島のようなものだ。

「だから私は、貴女も大好き」

気持ちのままにそう告げると、ようやく堀さんは笑みを崩して顔をしかめる。

「私は、少しだけ、貴女が嫌いです」

「そう。残念」

でも仕方ない。それでもわざわざこうして会いにきてくれたのだから、やっぱりこの子はとっても素敵だ。

その優しい魔女は言った。

「私の方が、貴女よりも幸せ」

その言葉は、唐突なものではなかった。

長い魔法の中の時間の、あるいは私と彼女のすべての時間の、結末みたいな言葉だ。端的には、七草と私たちの関わり方において。

私は頷《うなず》く。

「うん。きっと、そうだね」

もしも魔法が、魔女自身を幸せにするためのものなのだとしたら。もちろん他の使い道だってあるだろうけれど、優先順位をつけると、それがいちばんなのだとしたら、私よりも堀さんの方が、より優れた魔女なのかもしれない。

「でも、私だって幸せだよ」

私にとって大切なものを捨てずにいられるだけで、途方もなく。

魔法も世界も優しくて、それを知るたびに、他の誰かと比べるまでもなく幸せだ。

「だから、堀さん。私を守りたいのなら、勝手にやって」

私ひとりで、私のすべてを決められるはずもない。

世界は勝手に、私を変えればいい。それが優しさだと知っている。でも、知っていても気にはしない。私はあくまで私の意思で、私を選び続ける。

「私は決めたよ。大地に、私の身勝手な理想を押しつけることを。貴女も私に、そうすればいい」

誰も彼もが理想を主張し合って繋《つな》がっているなら、世界はなんて綺麗《きれい》なんだろう。それを七草のような、堀さんのような優しさがいつか覆うなら、世界はなんて完成されているのだろう。朝日のように眩《まぶ》しいんだろう。

堀さんはまるで泣き顔のように顔をしかめている。

「私は、それが怖い」

知っている。

彼女が、しゃべるのを怖れるのは、私が信じたい世界の在り方を怖がっているからだと知っている。優しく、暖かに、次の一歩を押し止めるもの。

「ならやっぱり、両方いるんだよ」

私のようなものと、堀さんのようなものが。

私は歩き出す。彼女に肩をつかまれてもよかった。無理やりに行く手を遮られて、私の魔法を消し去られても。でも堀さんは、そうはしなかった。だから足を止めない。

次を。次を。

これまでのすべてに救われて、たった今の堀さんとの会話にだって励まされて、私は次を踏み出す。

＊

真辺由宇は、階段に座り込んでいた。

うつむいて、膝《ひざ》を抱えるようにして、じっと目を閉じていた。

僕はその隣に腰を下ろす。いつの間にか、霧は綺麗に晴れていた。朝が間近に控えた夜空は、あの日みたのと同じように、群青色だった。

――いつまでだって、こうしていたいよ。

本当に。真辺の隣は安らかで、心地よい。

でも彼女の涙の一筋もみえないのは、やはり少し残念だ。

しばらくそうしていると、声が聞こえた。

「七草くん」

顔を上げると、そこに堀が立っている。

「真辺さんと、話しをしてきたよ」

「そう。どうだった？」

「知っている通りの、真辺さんだった」

「それはなによりだ」

真辺由宇は、いつまでだって苦しみ続けるのだろう。それが彼女の悲劇だとは、僕には思えない。でも彼女と同じ苦しみを、僕も感じていられないのは、僕にとっての悲劇ではある。

「起こす？」

と堀が言う。

「僕がやるよ。夜が明けるころに」

真辺が勝手に苦しむことの責任まで負うつもりはない。

でも、彼女をその苦しみから、ひと時だけでも解放する責任なら僕が負いたい。堀にだって委《ゆだ》ねたくない。

「代わりにひとつ、お願いをしてもいいかな」

「うん。なに？」

「君が、もう一度、本物の魔女になったら」

「なれるかな？」

「なれるよ」

「七草くんも手伝ってくれる？」

「もちろん。だから」

まだもう少し、夜は明けない。

「たまにでいいんだ。真辺のために、魔法を使って欲しい」

今みたいに。彼女自身が望んだ苦しみの中に、彼女が身を置く許可が欲しい。

「いや。悲しいから」

と堀は言う。

「それは困った」

と僕は笑う。

堀の方も、ほほ笑む。素直に、大胆に。

「でも、また真辺さんと話しをするよ。もう少し、喋《しゃべ》るのが上手《うま》くなったころに」

「ありがとう」

堀は僕に背を向けて、三段くらい下に座り込んで、大きく息を吐き出した。

「今夜は、たくさん喋ったよ」

「うん。お疲れさま」

「もうひとつだけ、喋ってもいい？」

「もちろん。好きなだけ」

「ごめんなさい」

彼女は前を向いたままで、僕には顔をみせなかった。

僕は尋ねる。

「真辺の魔法から、連れ戻したこと？」

「それから、七草くんの考えを勝手にのぞいたのも」

堀の選択は、自尊心みたいなものの否定だったのかもしれない。たしかに彼女は、身勝手に僕の個人的な場所に踏み込み、一部を決定した。彼女がいちばん大切にしていたものを、わずかに手放して、そうした。

「君は悪くない。僕が間違えていただけだ」

「でも」

と、堀が言った。

僕は彼女の言葉の続きを待たなかった。

「なにもかもを、たったひとつのルールで決めてしまわなくたっていいだろ。君がしたことはみんな、僕が尊敬している、優しい君の通りだった」

例外的な行動だって、誠実に僕を支えてくれた。

堀はかすれた声でささやく。

「うん。ありがとう」

それから彼女は、口を閉ざして朝方の夜空を見上げていた。堀の無音は、彼女の声と同じように心地よかった。僕がそう言ってみると、彼女はちらりとこちらをみて、ほほ笑んで、でもなにも言わないまま空に視線を戻した。

僕の方もそれきり、なにも言わなかった。

階段島の澄んだ空気が心地よかった。堀と同じように。

やがて堀が立ちあがって、ゆっくりと階段を下りていく。

それと同じ速度で、階段島の夜が明け始める。

＊

まるで同じような、でもやはりひとつひとつ形の違う悲劇の中を私は進む。

どこかに正解があるはずだ。そう信じて、通り過ぎる。
私は魔法の使い方をずいぶん変えていた。もう美絵さんに強くは干渉しなかった。さ
さやかな変化を繰り返し、彼女の生き方をみつめ続ける。
希望に似たものは、ふいに現れる。夜明けのように。真っ暗だった空の東側に、青み
がさすように。私は息を飲んでその景色をみつめる。
それはまるで、なんでもないような日曜日だった。買い物に出かけた美絵さんが、小
さなケーキ屋の前で足を止めた。
彼女はそのまま歩み去ってもおかしくなかった。でもひとりの青年が、美絵さんとは
反対の方向から歩いてきて、ドアをあけて、それから美絵さんの方に目を向けた。
「どうぞ」
とドアを開けたまま、美絵さんに声をかける。
美絵さんは少しうつむいて、ケーキ屋に踏み込む。その日は大地の誕生日だった。
――七草。
と私は、胸の中で彼の名前を呼ぶ。
悲しさをみつめる方法は知っていた。苦しさを飲み込む方法は知っていた。でも私は
これを、どうすればいいのだろう。
美絵さんは、ふたりきりで食べきれるサイズの小さなホールケーキを買う。チョコレ

ートのプレートに「お誕生日おめでとう」と入れてもらう。

ドライアイスの量を尋ねられて、帰宅までの時間を答える。

――七草。やっぱり、この世界には、きみの瞳《ひとみ》のようなものが。

優しいものがあるんだよ。

気まぐれだとしても。偶然だとしても。私はどこまでも無力だったとしても。すれ違った、事情も知らないだれかひとりの、ほんの小さな善意よりも弱々しいものだったとしても。

美絵さんが大地に「ありがとう」と言ったあのときを、七草とみつけたみたいに。美絵さんが、大地が生まれたことを祝う一日だってみつけられる。

――こんなものが、ゴールではないのだ。

この程度のものが。でも。

もしもこれを、いくつも、いくつも集めて。大地の周りにあるものをみんな、こんな風なもので満たせたなら、なんて素晴らしいのだろう。

――みて。七草。

長い、長い時間をかけて、私は一歩だけ、私の理想に近づく。

これを繰り返したいと、今もまだ望んでいる。

美絵さんは白い箱に入ったそれを受け取って、困った風に、諦めた風に笑う。

世界が少しだけ明るくなる。

＊

僕は長い階段の半ばに腰を下ろして空をみつめる。

朝日はまだ姿を現さない。でも東の空の低い場所がしらみ、その上に、深い、深い、圧倒的な青が広がる。

ピストルスターという星がある。

巨大な星だ。太陽よりもずっと大きい。とても、とても明るい。でも僕たちからは二五〇〇〇光年も離れているから、なかなかその光はみつからない。

人類が初めて星をみあげたのはいつだろう？　遥《はる》か昔、紀元前の、もしかしたらまだ文化と呼べるものさえなかった時代から、人は星空を愛していたのかもしれない。輝きが散らばるそれに、心を奪われなかったなんて考えられない。

なのに、ピストルスターはみつからなかった。一九九〇年になって、ハッブル宇宙望遠鏡が打ち上げられて。途方もない努力で人類が少しだけ歩み寄って、それで、ようやくみつかった星だ。

遥か昔の、ただ空を見上げていた時代から、星の並びに名前が与えられて、神話が与えられて、方角を示す道具になり、レンズができて、星の動きが研究されて、宇宙に憧《あこが》れることが無謀な夢ではなくなって、実際に宇宙に望遠鏡が打ち上げられて、僕たちがその存在を知った輝き。僕たちにとっては大きな、宇宙の中ではごく小さなそのレンズを、ピストルスターの光が照らしたのだ。

同じように、もっと。途方もない距離だったとしても、ピストルスターのもっと近くに僕たちが立てたなら。

ピストルスターは僕たちの空を、青く青く染めるだろう。

現実はそうでなくても、その空が僕の目にはみえなくても。彼女の声を聴くたびに、その声を思い出すたびに、僕の世界に青が鳴る。

僕は真辺由宇の肩に手を置いた。

＊

いつまでだって、どこまでだって、これを続ければいい。

私が進みたい方へと、私は進み続ければいい。

悲しみは越えられる。苦しみだって。そんなこともう知っている。でも、喜びが膨れ上がって私は立ち尽くす。

――ああ。七草。

私はこれを、きみに伝えたい。この景色を、きみとみたい。

ゴールではなくとも、そこにつながるはずの一歩を。

彼の名前を叫ぶ。

＊

覚悟はもう決まっていた。

身勝手に、彼女の魔法を終わらせる覚悟。

――こんなことで、僕の青は壊れない。

僕の理想は、いつだって頭の上にある。

彼女の肩が小さいことも、弱々しく感じることも、温かなことも、今はもう意外じゃない。僕は軽くその肩を揺らして、名前を呼ぶ。

「真辺。朝だよ」

彼女は不機嫌そうに眉《まゆ》を寄せた。

＊

そして私は、目を開く。

まぶしい。混乱する。でもその混乱も、すぐに溶けて消える。

青い空の手前で、彼がほほ笑んでいる。

6　七草

真辺由宇は、驚いているようだった。

僕は彼女に声をかける。

「おはよう、真辺」

彼女は目元をこすって、それから僕の顔をまっすぐにみつめる。

「おはよう」

地平線からわずかに顔をのぞかせた太陽が、真辺の横顔を照らす。東の空ではくすんだ色の、昨日の残滓《ざんし》みたいな朝焼けが、青い空を押し上げつつある。でも、慌《あわ》てる必要はない。さらに太陽が昇ったなら、青がすべての空を染めるだろう。

「どうだった？」

と僕は尋ねる。

真辺は美しい空に見向きもせずに答える。

「失敗したよ。たくさん」

「それで？」

「良いこともあった。大地の誕生日に、美絵さんがケーキを買ったの」

「それはすごい。とっても素敵だ」

「うん。だから、大丈夫だよ」

「なにが？」

「全部が。私は、もっと綺麗なものをみつけられる。たくさん、いくつだって」

真辺由宇は、いつか欠けてしまうのだろうか。こんな風ではなくなってしまうのだろうか。もっと賢い、常識のある、暮らしやすい生き物に変わるだろうか。

――知ったことじゃない。そんなの。

少なくとも今はまだ、真辺は僕が信じる真辺由宇のままでいる。僕は彼女を守りたいと願っている。僕自身が踏み出したい、次の一歩を知っている。それはなんて幸福なことだろう。

僕たちは並んで座って、向き合って話をする。

「私の魔法は、もう終わったの？」

「うん。僕が終わらせた」

「そう」

「残念？」

「とっても。でも、いいよ。また使う」

「君は魔女じゃない」

「でも、魔女の友達はいるよ」

「堀？」

「安達さんも、時任さんも」

「向こうがどう思ってるのか知らないけどね」

「もし友達じゃなくても、頼むことはできるよ。それに魔法がなくても、別の方法で頑張ればいい」

「だめ」

「どうして？」

「たくさん失敗したんでしょ？　取り返しのつかない失敗はできない」

「でも、それを怖がっていたら、なんにもできないよ。もしも魔法がなかったら、きみは私になんにもさせてくれないの？」

「なんにもってわけじゃない。僕たちにできることを探せばいい」

「うん。なら、これまでと一緒だね」

　真辺由宇は笑う。

　不敵に、なのに柔らかく。それは、初めてみる笑顔にみえた。昨日の夜までは、彼女が知らなかった笑い方ではないかという気がした。

「私は好きにするけれど、すぐ隣にきみがいる。もし私が間違えたなら、きみが止めてくれる」

「責任重大だね」

「うん」

「できるだけ頑張るよ」

「うん。私も」

僕たちは同じ魔法を探している。

並んで座ったまま、自然に次を話し合う。

美絵さんが大地に誕生日ケーキを買う未来は、素敵だ。その素敵なものが、シミュレーション可能な未来のひとつにある。なら次はそれを現実にする方法をみつけなければならない。多少の苦労はあるかもしれない。でも、誰だって協力してくれるような計画だ。きっと上手くいく。

その次は？　わからない。真辺はまた魔法を使いたいと言うだろう。僕だってそれを止めはしない。できれば僕も、彼女の隣にいたいと思う。でも、僕はもう永遠にも、真辺の絶望にも興味はない。必ずまた階段島に戻ってくる。

大地の未来は、きっといつまでも真辺の理想に届かない。だとしても少しずつ、良いものを集めていけばいい。温かいものを。思い返して笑顔になれるものを。

真辺は言った。

「何度も繰り返し、七草のことを思い出していた」

そのとき彼女はもう、僕の方を向いてはいなかった。

あのまっすぐな瞳で、僕たちがいる位置と同じ高さの空をみつめていた。太陽はずいぶん高度を上げて、空がいっそう青さを増す。

「私はきっと、きみとの思い出だけで、どこまでだっていけるよ。きみがこの世界のどこかにいるだけで、なんにも捨てずに進める」

その言葉は、素直に嬉しい。

なのに現実の真辺由宇は、この真辺由宇を捨てた。そのことが僕は、今もまだ寂しい。

別の道もあったはずなのだ。僕にだって、できることはあった。

真辺はなんだか自信に満ちた、偉そうな顔で笑う。

「でも、できるならいつまでも、きみがとなりにいて欲しい」

もしも、あのとき、あの公園に。

中学二年生の夏にさよならを言い合った公園に、今の僕が立っていたなら、なにか変わっていたかもしれない。それからの二年間を、離れ離れに暮らすことになったとしても、彼女を少しだけ守ることだって、できたように思う。

胸の中の後悔に向かって、僕はほほ笑む。

その後悔で過去をやり直すことはできなくても、今、この瞬間であれば変えられる。

だから僕は、口を開く。

「ピストルスターという星があるんだ」

視線を真辺の瞳が行く先に向ける。

思わず笑ってしまいそうな青がそこにある。

生まれたてみたいな、なんの汚れもない、でも何億年と繰り返されてきた、気高い光の散るところをみつめる。

「まるで、君みたいな星なんだよ」

そんな風に、僕と、ひとつの星との話を始める。

視界は開けている。

ただ青く、さえぎるものはなにもない。

＊＊＊

階段島から真辺由宇《まなべゆう》が消えたのは、それから二年ほど経《た》った日のことだった。

これといった前触れもなく、現実の彼女に拾われていった。

真辺が消えることを、堀《ほり》は知っていたはずだけれど、僕には伝えなかった。そのことを彼女はずいぶん気にしていたようだった。

これまでにも僕は、目の前から真辺由宇が消える未来を、何度だって想像した。彼女と出会ったばかりのころから、繰り返し繰り返し、星の数ほど。

実際に真辺が消えたと知ったとき、僕は悲しかった。想像していたどれよりも悲しくて、寂しかった。でもそれ以上に、清々《すがすが》しくもあった。

だから、僕は笑った。

「どうして、笑ったの？」

ともしもあの子に尋ねられたなら、こんな風に答えただろう。

——君がいなくなることが悲しくて、あんまり自然に悲しくて。

そこにややこしい感情はなくて。

君のことをいつまでだって忘れない自分を信じられて、それで笑ったんだ。

僕は現実の自分に拾われた、彼女の行く先を想像する。

——どこにだって、行けばいい。

本当に、どこにだって。

だとしても、僕が立っている場所は変わらない。

僕はいつまでだって、君と一緒にいるんだよ。夜がくるたびに、朝がくるたびに、僕は君を思い出すだろう。階段を上るたびに、僕の中にはたしかに君の一部分が残されていることを確信するだろう。もしも君が、どれだけ変わってしまったとしても。いつかの君を、僕はいつまでだって抱きしめている。

まるで優しい魔法みたいに、きっといつまでも捨てないでいる。

＊

さらに五年と少し経ったころ、僕は僕に出会った。

ある階段の半ばだった。

彼はスーツを着て、ネクタイを締めていた。なんだか似合わないなと思ったけれど、顔をしかめるほどではなかった。

「今日は大地《だいち》の誕生日なんだよ」

と彼は言う。

「一六歳の、誕生日なんだ」

段上から、僕を見下ろして笑っている。

僕の方も彼を見上げて笑う。

「知ってるよ。おめでとう」

「僕に言っても仕方ないだろ？」

「君から伝えておいてくれよ」

「うん」

僕は彼に歩み寄る。彼も僕に歩み寄る。

ちょうどふたりの中間あたりで、僕たちは再び向かい合う。

僕の方が、尋ねた。

「どうかしたのか？」

彼はどうして、再び僕の前に現れたのだろう。

首をかしげて彼は答える。

「別に。なんとなく、顔をみたくなったんだよ」

「へえ。君には嫌われてると思っていたよ」

「嫌いだよ。でも、悪くないところもある。そんなもんだろ、自分自身なんて」

「そうだね」

まったく、その通りだ。

僕はやっぱり、目の前の彼が嫌いだけれど、友好的に振舞えなくもない。悪くないところもある。多少は。

彼はなんだか、気恥ずかしげに言った。

「君もこないか？」

「ん？　どこに？」

「大地の誕生日。やっぱりおめでとうは、直接言えた方がいいだろ」

「なるほど」

彼はなんだか、少し迷っているようだった。

一方で僕には、迷いはなかった。

「でも、やめておくよ」

「そっか」

「うん」

もしも彼が本当に、古いごみ箱から僕を拾い上げたいのであれば、強引にそうすればいい。堀の魔法はそれを受け入れている。彼女は僕を、もう一度連れ戻しにきてくれるかもしれない。だとしても、彼の気持ちをないがしろにはしない。

彼は言った。

「実は、君に話しておきたいことがあったんだよ」

「そう。聞くよ」

「いや、いい。顔を合わせたら、どうでもよくなった」

「ならよかった」

「でも、君の方はいいのか？」

「なにが？」

「真辺に会いたくはないのか？」

僕は心から笑う。

彼を馬鹿《ばか》にしているわけではないけれど、多少の優越感はある。

――君には、わからないだろうね。

僕は彼女がこの世界にいることを知っていて、彼女は僕が階段島にいることを知っている。それが、だいたい全部だ。本当の全部ではなかったとしても。

もしも余ったいくつかが、真辺由宇に会いたいと思ったなら。

星ではなくて、信仰ではなくて、ただ友人として彼女の顔をみたくなったなら。

僕は答える。まるで、真辺由宇のように。

「会いたくなったら、こっちから会いに行くよ。あの子がどこにいたとしても」

それはきっと、難しいことじゃない。

ほんの一歩、足を踏み出す。その簡単な行為の繰り返しだ。

妙に真剣な顔で彼は言う。

「うん。そうすればいい」

それから僕たちは、五分ほど、取るに足らない話しをした。

二三歳になった向こうの僕は、市役所に勤めているとのことだった。その就職先を選んだ理由は聞かなかった。想像はついたけれど、当たっていても、外れていてもよかった。

好きにすればいい。互いに、勝手に幸せになればいい。いずれ僕は、彼の幸せだって、僕の幸せみたいに感じられるだろう。

「さようなら」

と僕は言う。

「さようなら」

と彼は応《こた》える。

手を振った彼の指には、シンプルな、銀色の指輪がみえた。話しているあいだはずっと、そこに目を留めないように苦労していた。

これからもまた、彼に出会うことはあるだろうか。

きっとあるだろう。すれ違って軽く挨拶《あいさつ》を交わすことも、場合によっては膝《ひざ》をつきあわせて、じっくりと話し合うことも。

遠く遠くの星から眺めれば、僕も、彼も、真辺も。誰も彼もがほんの狭い世界にいて、逃れようもなく繫《つな》がっている。あの子が信頼する世界の形そのままに。

僕はまた段を上る。

それで少しだけ、気高い星に近づく。

いつだって、ひとつの星を追いかける物語の中に僕はいる。

本書は新潮文庫のために書き下ろされた。

イラスト　越島はぐ
デザイン　川谷康久（川谷デザイン）

きみの世界《せかい》に、青《あお》が鳴《な》る

新潮文庫　こ－60－6

令和元年五月一日発行

著者　河《こう》野《の》裕《ゆたか》
発行者　佐藤隆信
発行所　株式会社新潮社
郵便番号　一六二―八七一一
東京都新宿区矢来町七一
電話　編集部(〇三)三二六六―五四四〇
読者係(〇三)三二六六―五一一一
https://www.shinchosha.co.jp

価格はカバーに表示してあります。

乱丁・落丁本は、ご面倒ですが小社読者係宛ご送付ください。送料小社負担にてお取替えいたします。

印刷・錦明印刷株式会社　製本・錦明印刷株式会社

ISBN978-4-10-180146-9 C0193